Jens Wonneberger

Mission Pflaumenbaum

Roman

müry salzmann

1

Kramer hatte den Mann an diesem Nachmittag zuerst gesehen, sah, wie er auf der Bank saß, unentwegt die Lippen bewegte und offenbar mit sich selbst sprach. Er hätte es wissen müssen, er hätte nicht so lange hinsehen dürfen, hätte, nachdem auch der Mann ihn bemerkt hatte, dessen bellendes *He du da!* ignorieren und einfach nur, den Blick stur auf die Bordsteinkante gerichtet, weitergehen müssen. Zu spät, er war in die Falle getappt, war, als der Ruf ihn erreichte, sogar stehengeblieben, hatte sich als Zeichen einer stummen Frage mit dem Finger auf die Brust getippt und sich nach allen Seiten suchend umgeschaut, obwohl er längst ahnte, dass nur er gemeint sein konnte. Na komm schon, glotz nicht so blöd, rief der Mann mit einer Mischung aus altväterlicher Aufmunterung und einem schroffen, Kramer dann doch entwaffnenden Befehlston und rückte auch gleich ein Stück zu Seite. Er klopfte mit der flachen Hand mehrfach auf den nun frei gewordenen Platz und legte den Arm dann auf die Lehne, so dass Kramer, während er, noch immer zögernd, auf die Bank zuging, überlegte, ob er den Mann nicht einfach nach dem Weg fragen und weitergehen, oder wie er, man will ja nicht unhöflich sein, den angebotenen Platz neben dem Fremden einnehmen sollte, kurz, nur ganz kurz, ohne Gefahr zu laufen, den Arm des Mannes schon bald auf seiner Schulter zu spüren.

Also blieb er vor dem Mann stehen, Kramer schätzte ihn auf mindestens siebzig, der nun tatsächlich seinen Arm von der Lehne zurückzog, ihn anhob und die flache Hand gegen die Sonne stellte, die Finger auffächerte, um Kramers Gesicht im blendenden Gegenlicht besser sehen zu können. Und?, fragte Kramer. Was und?, blaffte der Alte zurück, und Kramer würde sich später fragen, warum er nicht spätestens jetzt einfach weitergegangen war und sich stattdessen doch auf die Bank gesetzt hatte, seinen Rucksack vorsichtshalber zwischen sich und dem Mann. Der lehnte sich im sicheren Gefühl, sein Ziel vorerst erreicht zu haben, befriedigt zurück, vergrub die Hände in den Taschen seiner weiten, braunen Manchesterhose und sagte vorerst kein Wort mehr.

Kramer sah ihn von der Seite an, er kannte den Mann nicht, vielleicht erkannte er ihn auch nur nicht wieder. Er war noch nie zuvor in diesem Ort gewesen und doch, dieses hohlwangige Gesicht, besonders die markante, wie von einem schlecht verheilten Bruch gekrümmte, spitz zulaufende Nase und das wie im Gegensatz dazu stark fliehende Kinn erinnerten ihn an jemanden, Kramer wusste nicht an wen, es war etwas Vogelhaftes in diesem Profil, was ihm aber auch nicht weiterhalf, weil er sich eines Menschen mit so einem vogelhaften Kopf im Moment nicht erinnern konnte. Der Kopf jedenfalls schien ihm ziemlich klein, unterhalb des leicht entzündeten Auges war die Haut runzlig und von Flecken übersät, vielleicht war es ein Zuviel, vielleicht ein Zuwenig an Pigmenten. Das spärliche Haar, wirr und grau, umkränzte den kahlen Schädel wie ein Flaum, ein Geier, dachte Kramer, oder nein, ein Marabu, aber der Mann war frisch rasiert, unterhalb des Ohres, aus dem ein dickes Büschel Haare quoll, klebte noch ein Rest getrockneter Schaum. Er sah müde aus, doch erst als Kramer des Gehstockes gewahr wurde, eines altertümlichen Knotenstockes, den der Alte neben sich an die Bank gelehnt hatte, fragte er den Schweigenden etwas hilflos, ob er vielleicht Hilfe brauche. Rottmann, sagte der, ohne die Hände aus den Taschen zu nehmen, Paul Rottmann, aber hier im Dorf nennen mich alle nur den Webervogel, vielleicht weil ich rede, wie mir der Schnabel gewachsen ist. Kramer, sagte Kramer, obwohl ihm diese Vertraulichkeit eigentlich schon zu weit ging. Der Mann lächelte, als wisse er Bescheid. Na dann, sagte Kramer und wollte sich erheben, doch da zog Rottmann plötzlich seine Hände aus den Taschen, packte trotz des Rucksacks zwischen ihnen mit der Linken entschlossen Kramers Arm und tastete mit der Rechten nach seinem Gehstock. Kramer ließ sich erschrocken wieder auf die Bank fallen, der feste Griff des Mannes duldete keinen Widerstand, und er sah, wie Rottmann den Stock nahm und damit, fast hätte er Kramer mit der eisernen Spitze getroffen, mit einer fahrigen Bewegung einen weiten Bogen schlug. Hier hat sie gestanden, sagte er, genau hier. Was?, fragte Kramer. Na was schon, unsere Gurtweberei natürlich! Kramer starrte verblüfft auf die Brachfläche, auf die Rottmann mit dem Gehstock gezeigt hatte und in deren Mitte die Bank stand, erst jetzt fiel es ihm auf, die Bank stand inmitten einer Brache, die sich in einem Zustand zwischen Ödnis und Verwilderung befand, der sowohl von natürlicher als auch künstlicher Art war. Während auf der einen Seite vor einer von Salpeter zerfressenen Ziegelwand junge Birken und Eschen eine vermutlich vor Jahren gerodete Fläche erneut zu überwuchern begonnen hatten, man sah knapp über dem Boden noch die armdicken Stümpfe, erhob sich im Zentrum der Freifläche ein riesiges, aus Granit gemeißeltes Denkmal, dessen Betonsockel, obwohl offenbar noch recht neu, schon verwittert war und zu bröckeln begann. Das Denkmal, Kramer vermochte die technisch anmutende Skulptur nicht zu deuten, stand inmitten eines von verwilderten Rosenstöcken und kniehohen Taxushecken gebildeten Rondells. Zwischen den aufgeschossenen Brennnesseln flatterten etwas verloren die Reste eines rotweißen Absperrbandes. Von diesem Rondell zweigten sternförmig vier mit hellem Waschkies bestreute Wege ab, deren Betreten allerdings das hier zwischen Metallstäbe gespannte Absperrband verbot. Was ist das?, fragte er. Sie nennen das Dorferneuerung, sagte Rottmann verächtlich und spuckte in Richtung des Steins, ein Weberschiffchen soll das sein, dagegenschiffen müsste man!

Kramer, der an diesem Nachmittag, es war ein Freitag, gerade mit dem Bus angekommen und auf dem Weg zu seiner Tochter war, wo er das Wochenende verbringen wollte, wusste zwar, weil er es irgendwo gelesen hatte, dass man mit einem Weberschiffchen den Schussfaden durch die Kettfäden treibt, aber noch immer nicht, warum der Mann ihn zu sich gerufen hatte. Vielleicht hatte er ihn wirklich nur einen Moment zu lange angesehen, oder aber der andere hatte ihm aufgelauert. Seine Tochter, sie würde sicher schon auf ihn warten, war vor ein paar Wochen mit ihrem Mann hierher aufs Dorf gezogen, sie schwärmte vom ländlichen Leben, wie sie es in den Sommerferien im Haus seiner Eltern früher erlebt hatte. Kramer war damals nicht verborgen geblieben, dass sie seine Eltern, als sie noch lebten, besonders seinen Vater, ihm vorgezogen hatte. Und umgekehrt, ihm hatte der Vater nie etwas von sich erzählt, ihr hingegen alles. Bei Problemen hatte seine Tochter meist seinen Vater, nicht ihn um Rat gebeten, und vor ein paar Minuten, als er aus dem Bus gestiegen war, hatte er daran gedacht, dass auch ihre Entscheidung für dieses Haus hier auf dem Land eine Entscheidung gegen ihn gewesen sein könnte, der das Dorf seiner Kindheit einst im Groll verlassen und das Vaterhaus seinem Bruder überlassen hatte. Seine Tochter hatte das nie verstanden und jetzt, je älter er wurde, bereute er es manchmal selbst. Sein Verhältnis zu ihr war eigentlich nicht schlecht, sie telefonierten in letz-

ter Zeit oft, sahen sich zuweilen, aber eine wirkliche Nähe war nie entstanden, immer gab es einen Rest von Vorsicht und Scheu, der beide daran hinderte, sich dem anderen zu öffnen. Im Grunde führten sie seit Jahren einen Kampf, ein stummes, im Untergrund geführtes Ringen, das weder einen Sieger noch einen Verlierer kannte, schon deshalb nicht, weil es keine verbindlichen Regeln gab und keine Kriterien dafür, was als Sieg oder Niederlage zu gelten hatte. Vielleicht war es dieser Gedanke, der ihn auch jetzt zögern ließ, seinen Weg fortzusetzen, anstatt sich hier den Launen dieses merkwürdigen Vogels auszusetzen, eilig jedenfalls hatte er es nicht.
Und hier hat also eine Fabrik gestanden?, fragte Kramer, etwas ungläubig zwar, aber doch um einen Tonfall bemüht, der keine allzu große Neugierde verriet. Ja, unsere Gurtweberei, sagte Rottmann, erst wurde sie geschlossen, dann wurden die Fenster eingeschlagen und die Wände beschmiert, von den Jugendlichen natürlich, jeder schleppte aus der Fabrik, was er brauchen konnte, Feuerholz vor allem und Altmetall, sogar Türklinken, regelrecht ausgeweidet hat man sie, schließlich wurde sie abgerissen, vor Jahren schon, aber mir kommt es so vor, als sei es erst gestern gewesen. Aber hier oben ist alles noch drin, sagte er und tippte sich mit der Hand gegen den Kopf, erst an den Kopf, und dann trommelte er sich mit der Faust gegen die Brust, auch da ist alles noch drin, im Herzen. Ich kann

es noch hören, sagte er, dieses Stampfen der Webstühle, dieses rhythmische Klatschen, das Scharren und Klappern, das Klicken und Rasseln, du denkst vielleicht ich übertreibe, aber ich übertreibe nicht, es war die Hölle, wenn ich zu laut spreche, dann liegt es an diesem Lärm, der das Gehör ruiniert hat, das Gehör und die Knochen und die Lungen dazu. Rottmann hatte wieder den Knotenstock gehoben, vorsichtig diesmal, wie ein Dirigent um Ruhe bittet, doch es war nur das höhnische Gezänk der Spatzen zu hören, die im benachbarten Gebüsch schimpften. Ratsch, ratsch, machte er, klick, klick, Speichel spritzte aus seinem Mund, er ließ den Stock nun hin und her schwingen, bewegte ihn von unten nach oben, schlug damit in die Luft, dass es leise surrte, man müsse, sagte er, sich das alles gleichzeitig vorstellen und lauter natürlich, viel lauter und schneller, aber er sei nun mal keine Maschine, und nicht nur gleichzeitig, von überall her müsste der Lärm kommen, von rechts und links, von vorn und hinten, von unten auch, vor allem von unten, denn der ganze Maschinensaal habe unter den Füßen vibriert. Niemand hat geglaubt, dass gerade der Krach einmal fehlen könnte, aber er fehlt, mir fehlt er, sagte Rottmann, der den Stock plötzlich sinken ließ. Der Krach war die Hölle, aber trotzdem, er fehlt, obwohl ich ihn damals schwer ertragen habe, sehne ich mich heute danach, diese Ruhe ist unerträglich, hörst du, wie ruhig alles ist, du musst genau hinhören, eine Friedhofsruhe ist das. Jetzt waren die Kirchenglocken zu hören, aber nur von fern.

Kramer war nervös, er wippte mit dem Fuß, verstohlen schielte er auf seine Uhr, sah Rottmanns linke Hand, die jetzt wieder auf dessen Schenkel lag, ganz ruhig lag sie da, doch Kramer wusste, dass sie jeden Moment zugreifen konnte, sollte er sich von der Bank erheben wollen. Die Hand war von dicken, mäandernden Adern durchzogen, wobei die Hand selbst eher dürr und knochig war, sie hatte etwas Krallenhaftes, die Knöchel schienen geschwollen, wie Knoten hielten sie die nikotingelben Fingerglieder aneinander, und doch ahnte man die Kraft, zu der sie wohl noch immer fähig war.

Unsere Fabrik war ein langgestrecktes zweigeschossiges Gebäude, sagte Rottmann, zwei übereinandergestellte Maschinensäle, ein für die Ewigkeit gebauter Koloss, dessen Fassade zwischen den schmalen Säulen und Simsen aus gelben Klinkern fast vollständig verglast war, Kathedralfenster waren das, wie Schuppen lagen die kleinen quadratischen Scheiben dicht an dicht in den raumhohen Metallgittern. Die Häuser erscheinen heute viel größer als damals, sagte Rottmann und zeigte mit dem Stock auf die umliegenden Häuser, die Kramer, wahrscheinlich weil er die Gurtweberei nicht kannte, wie ganz normale Häuser und eher klein vorkamen. Auch von außen war immer der Lärm zu hören, sagte Rottmann, am Tag war die Fabrik wie ein riesiges, stampfendes Tier, aber abends, wenn die Spätschicht am Werk war und im Inneren die Lampen honiggelb leuchteten, war es ein Palast, ein goldener Kristallpalast, ganz leicht sah das Gebäude dann aus, es schien zu schweben wie ein Lampion aus Seidenpapier, und wenn die Fabrik tagsüber stampfte, so war es in der Dunkelheit ein Klirren, als begänne ein gigantischer Kronleuchter zu zittern. Rottmann schlug mit dem Gehstock auf den Boden, legte seine Hand hinters Ohr und lauschte: Nichts! Damals war es nur an den Wochenenden still, du hörst mir doch zu?, fragte Rottmann, an den Wochenenden, wenn die Spaziergänger im Sonntagsstaat stolz und wohl auch ein bisschen gelangweilt an ihr vorbeizogen, war die Fabrik ganz still, ein in sich ruhender Fels, aber sie schlief auch da nicht, sie war immer wach und lag auf der Lauer, ein Rundfenster in der Spitze des Giebels war ihr Auge, das einen immer ansah, es ließ einen nicht aus dem Blick und erinnerte daran, wie müde man selbst war und dass am Montag alles wieder losgehen würde, das Stampfen, Klirren und Vibrieren, es war dieses Auge, das einen ständig erinnerte, dass man mit allen Fasern seines Körpers dieser Fabrik ausgeliefert war, dass dieses gefräßige Tier einen nicht aus den Fängen ließ.

Jenseits der Straße, die auch Kramer genommen hatte, waren inzwischen zwei Männer in roten Monteursmonturen aufgetaucht. Sie grüßten Rottmann mit einer demutsvollen Freundlichkeit, deuteten eine Verbeugung an, lüpften ihre nicht vorhandenen Hüte, und es hätte nicht des spöttischen Lächelns in ihren Gesichtern bedurft, um diese Gesten als Hohn zu entlarven. Arschlöcher, murmelte Rottmann, während er die Gebärden der Männer mit einer gespielten Herablassung in ihre Richtung wiederholte. Gemeindeknechte, zischte er, Kommunalbüttel. Sie mochten um einiges jünger sein als er, doch ihre Bewegungen wirkten greisenhaft, doch schien die Ursache kein körperliches Gebrechen zu sein, sondern die tief verinnerlichte Gewohnheit, die aufgetragene Arbeit in die Länge zu ziehen und so dieser Arbeit und auch ihnen selbst eine gewisse Bedeutung zukommen zu lassen. Umständlich begannen sie das Ende einer dunkelgrünen Kunststoffrolle mit Kabelbindern an einem Metallgitter zu befestigen, das jenseits der Straße eine weitere Brachfläche einzäunte, allerdings war dieser Tätigkeit eine langwierige Diskussion über die richtige Höhe vorausgegangen, von der das Gelingen der Arbeit offenbar maßgeblich abzuhängen schien. Mehrfach hatte einer die Rolle zur Probe an das Gitter gehalten, während der andere einige Schritte zurückgetreten war, um die optimale Ausrichtung mit Kennerblick zu kontrollieren. Endlich entrollten sie die Kunststoffbahn, wodurch zuerst das Wort *Neu!* und dann allmählich der Schriftzug *Adventure* ... doch halt, noch einmal trat der eine zurück, um diesmal mit schräggelegtem Kopf und zugekniffenem Auge die Waagerechte zu überprüfen, dann reckte er den erhobenen Daumen ... der Schriftzug *Adventure Minigolf auf der Erlebniswiese* sichtbar wurde. Mein Gott!, stöhnte Rottmann. Und was ist das überhaupt für eine Sprache?, fragte er, während einer der Männer, sichtlich zufrieden mit dem Ergebnis der Arbeit, das Spruchband nun mit dem Handy fotografierte. Auch das noch, sagte Rottmann, das nennen die heutzutage Arbeit, und jetzt gehen sie sich wahrscheinlich die Eier schaukeln, wenn das nur mal kein Minigolf wird. Er grinste, schien aber den Faden verloren zu haben. Er kramte in den Taschen seiner zerknitterten Jacke, in der er, die Bündchen waren zerschlissen und ausgefranst, einen räudigen, nein, nicht räudigen, sondern einen irgendwie gerupften Eindruck machte, dachte Kramer, während Rottmann endlich fand, wonach er gesucht hatte, eine arg zerbeulte Blechdose nämlich. Er entnahm ihr ein Zigarillo, klopfte es ein wenig zurecht und zündete es an, dann zog er mehrmals heftig, aber nur, um den Rauch gleich wieder durch die geschürzten Lippen in die Luft zu paffen, in gekonnten Kringeln natürlich. Wenn das Sonnenlicht von außen durch die Fenster fiel, sagte er beinahe verträumt und noch immer zufrieden das Entschweben des Rauches verfolgend, konnte man in den Maschinensälen den Staub tanzen sehen, richtig dicke Staubschleier waren das, die ganz langsam durch den Raum trieben und nur in der Nähe der Webstühle, im Auf und Ab der Schäfte, im Hin und Her der

Schläger, immer neu verwirbelt wurden. Mal sah es aus, als stießen die Maschinen den Staub aus, mal, als saugten sie ihn ein, und dann gab es noch die dicken Fusseln, die wie Schneeflocken schwebten und schließlich an den ölverschmierten Maschinenteilen klebten wie feuchter Pelz, sagte Rottmann, bei der sogenannten Deutschen Bahn und der sogenannten Deutschen Post spricht übrigens auch fast keiner mehr deutsch, zum Kotzen ist das, aber ich will nicht abschweifen ...

Es reicht, dachte Kramer genervt und sagte es auch, er war nun fest entschlossen zu gehen, selbst auf die Gefahr, dass Rottmann mit dem glühenden Zigarillo in der Hand nach ihm greifen würde.

... und einmal hingen acht Erhängte dort, es war, glaube ich, im oberen Maschinensaal, sagte Rottmann ganz ruhig, nahm dann einen letzten tiefen Zug und schaute versonnen dem Rauch nach, der nun als langgezogene Fahne aus seinem Mund wehte, dann schnippte er die Kippe in die Luft. Kramer, der sich schon erhoben und nach seinem Rucksack gegriffen hatte, blieb stehen. Acht Leichen?, fragte er. Acht Leichen, das war in den letzten Kriegstagen, aufgereiht wie Orgelpfeifen müssen sie dort gehangen haben, ich habe sie nicht gesehen, ich war damals noch ein Kind, so klein war ich, sagte Rottmann und streckte seine Hand nach vorn, als lege er sie auf das Haar eines Kindes, eines Kindes aus Luft und Gedanken, nur meine Mutter hat sie gesehen. Sie soll sie sogar entdeckt haben, weil meine Mutter morgens immer die erste in der Weberei gewesen ist, und hätte sie sicher gern für etwas anderes gehalten, für Kartoffelsäcke vielleicht, gefüllt natürlich, aber wer hätte in dieser Zeit so etwas Wertvolles wie gefüllte Kartoffelsäcke an einen Webstuhl gehängt, und als sie nähertrat, waren es dann doch acht Leichen, aber sie hat natürlich wenig darüber erzählt, obwohl ich sie danach gefragt habe, immer wieder habe ich gefragt, warum alle acht, und wie hat er die Kinder in die Weberei gelockt und warum an den Webstuhl und wer zuerst, aber das wollte die Mutter mir nicht sagen, und was soll man auch viel davon erzählen, in meinem Kopf, Rottmann tippt sich wieder gegen den Schädel, in meinem Kopf ist das Bild trotzdem ganz deutlich drin. Wie Orgelpfeifen, genauso habe ich es mir immer vorgestellt, sagte er, der Vater, die Mutter, die sechs Kinder, ordentlich der Größe nach, das Jüngste kaum älter als ich. Rottmann umkreiste mit der Hand seinen Kopf und zog dann einen gedachten Strick in die Höhe, als müsse er das Erhängen, um es Kramer verständlich zu machen, vorführen. Jetzt fragst du dich sicher, was das für Leichen waren, sagte Rottmann und wartete, bis seine Worte ihre Wirkung auf Kramer entfalten würden. Kramer blieb also stehen, doch so schnell wollte er Rottmann nicht nachgeben, langsam zündete auch er sich nun eine Zigarette an, später, im Haus seiner Tochter, fiel ihm ein, würde er ohnehin nicht rauchen dürfen. Auch das war Teil ihres stummen Kampfes, dem er jetzt Tribut zollte. Dass er seiner Gewohnheit gemäß rauchte, mochte ein Sieg sein, dass er es schon hier und nicht erst in ihrem Haus tat, machte diesen Sieg fade. Einen Augenblick später kamen ihm seine Gedanken kindisch vor. Also gut, fragte er, was für Leichen?

Das sei eine gute Frage, meinte Rottmann, dem trotz der Leichen ein Lächeln über das Gesicht huschte. Die Familie des Besitzers, sagte er, die ganze Fabrikantenbrut. Das war wie gesagt fünfundvierzig, die Russen standen schon unmittelbar vor dem Ort, an Flucht war nicht mehr zu denken, dafür war es zu spät, alle dachten nur an die Besetzung, und da hat der feine Herr Fabrikbesitzer wohl keinen anderen Ausweg gesehen, vielleicht nicht ganz zu Unrecht, wenn du mich fragst, nach allem, was man so gehört hat, soll er eine Menge Dreck am Stecken gehabt haben, aber lassen wir das, es waren eben andere Verhältnisse damals. Für mich wird es jetzt übrigens auch Zeit, sagte Rottmann und stand nun schon neben Kramer, der gerade im Begriff war, sich wieder zu setzen und sich wunderte, dass dieser hagere Mann mit dem Vogelgesicht ihn jetzt um einen halben Kopf überragte, während er im Sitzen noch ein ganzes Stück kleiner gewesen war. Wie Rottmann das meine, nicht ganz zu Unrecht?

Wie ich das meine? Genau so, wie ich es gesagt habe, sagte Rottmann und war plötzlich ungehalten, aber was interessiert dich das überhaupt? Unsere ganze Fabrik haben sie nach der Wende dichtgemacht, erst gab es Kurzarbeit, dann Kurzarbeit Null, so haben sie das genannt, Kurzarbeit Null, schließlich war Schicht im Schacht oder, wie ich immer sage, dann war Ruhe im Stuhl. Erst gingen die Leute gegen die alten Verhältnisse auf die Straße, dann wurden sie unter den neuen Verhältnissen auf die Straße gesetzt, sie haben sich, wenn auch verzögert, quasi selbst entlassen. Rottmann lachte bitter auf und krallte sich an seinen Knotenstock. Die Maschinen seien veraltet, hieß es damals, alles sei zu teuer, und in Asien mache man das jetzt viel billiger, das alles werfe keinen Gewinn mehr ab, sagten sie und meinten damit uns, wir waren es, die keinen Gewinn mehr abwarfen. Aber natürlich hat das kein Schwein interessiert, die Leute haben den Plunder aus Asien gekauft, weil er eben billiger war. Damals hat es keinen interessiert, und heute, da unsere Fabrik längst dem Erdboden gleichgemacht ist, interessiert es erst recht keinen mehr. Kein Hahn kräht nach uns! Aber kaum erwähnt man die acht Leichen von fünfundvierzig, schon fragen alle warum und wieso und wittern eine Schuld, die sie uns am liebsten auch anhängen möchten, eine Schuld an den acht Leichen und allem, was davor war und danach. Vielleicht hätten wir uns, als unsere Fabrik geschlossen wurde und wir plötzlich auf der Straße standen, ich sage nur Treuhand, die sogenannte Treuhand, dass ich nicht lache, sagte Rottmann und lachte nicht, eine staatlich bestellte Verbrecherbande war das, die Hand an uns legte, vielleicht hätten wir uns damals einfach alle aufhängen sollen, die ganze Brigade, der Größe nach, bei meiner Länge hätte ich wohl ganz vorn gehangen. Aufhängen, das wäre es gewesen, das tragische Ende eines sozialistischen Kollektivs, dann wäre uns wenigstens erspart geblieben, wie sie uns jetzt mit Minigolfanlagen und Erlebniswiesen zuscheißen und idiotische Denkmäler bauen. Er stieß mit dem Stock auf den Boden, Schluss jetzt, sagte er. Wo willst du eigentlich hin, wenn du nichts dagegen hast, kann ich dich ein Stück begleiten, vielleicht haben wir den selben Weg, viele Wege gibt es ja nicht in unserem Nest. Du hast doch nichts dagegen? Ich will meine Tochter besuchen, ich werde erwartet, sagte Kramer und nannte zu seiner eigenen Verwunderung auch noch die Adresse. Schmiedegasse, sagte er. Aah, die Tochter, wie alt bist du eigentlich?, fragte Rottmann und behauptete, nachdem Kramer es ihm gesagt hatte, dass das ja kein Alter sei. Die Kinder gehen heute ihre eigenen Wege, Kramer?, sagst du, nie gehört den Namen. Sie hat geheiratet, sagte Kramer, jetzt heißt sie ... Egal, Kramer oder, wie sagtest du?, du musst lauter sprechen, meine Ohren, aber egal, es sind jetzt einige neue Leute hier, so viele Ortsfremde, die meisten kommen aus der Stadt, ich weiß nicht, was sie wollen, viele schlafen nur hier, aber sie sind da, also was ich sagen will, sagte Rottmann, keiner kann sich all die Namen merken, aber bestimmt meinst du das Haus am Wendehammer, und was die Schmiede betrifft, eine Schmiede haben wir hier schon lange nicht mehr. Und vorher?, fragte Kramer. Vorher natürlich, sagte Rottmann, Hufschmied, Wagenschmied, der Pätzold hat alles gemacht, Blitzableiter, Grabkreuze, die Halter für die Altarkerzen, bei allen hieß er nur Eisen-Hans. Später wollten die Leute dann Zäune und Gartentüren und Ständer für ihre Carports, und als zwanzig Kilometer von hier der Baumarkt öffnete, musste der Pätzold seine Schmiede zumachen. Ich meinte eigentlich die Weberei, sagte Kramer, als sie schon eines der Absperrbänder, das Rottmann mit seinem Stock nach unten gedrückt hatte, überstiegen und das Rondell mit den verwilderten Rosenstöcken und Taxushecken erreicht hatten, ich meinte vor fünfundvierzig. Rottmann blieb stehen und starrte auf das Denkmal des Weberschiffchens, auf dem nun ihre Schatten lagen. Wenn sie wenigstens einen modernen Schützen genommen hätten, sagte er und zeigte mit seinem Stock auf das Weberschiffchen, das noch aus der Zeit seines Großvaters stamme, der seinerzeit noch im eigenen Haus am eigenen Webstuhl gestanden hatte. Mehr ist nicht geblieben von unserer riesigen Fabrik, armseliger Nostalgiefirlefanz, Heimatstubenkitsch, schimpfte Rottmann, dessen Schatten beim nächsten Schritt vom Stein glitt, plötzlich lang und dünn auf dem Boden lag und nun erst recht an einen Vogel erinnerte, einen Schreitvogel, dachte Kramer. Dieser verdammte Krach, fluchte er plötzlich und musste das Wort armselig noch einmal lauter wiederholen, kreischend fast, weil in der Nähe gerade ein Rasenmäher aufgeheult hatte und Rottmanns Worte überdröhnte. Die Leute brüllen sich hier an und trotzdem verstehen sie kaum ein Wort, nichts verstehen sie, gar nichts! Kramer hatte gesehen, wie sich Rottmanns Schatten bei diesen Worten dem seinen zugeneigt, die Köpfe einander fast berührt hatten und war erschrocken zurückgewichen. Unsere Gurtweberei meinst du also?, rief Rottmann, als habe Kramer die Gurtweberei ins Gespräch gebracht, und zog den anderen dabei hinter das Denkmal, wo es etwas leiser war, aber noch immer nach frisch geschnittenem Gras roch. Rasenmäher und Laubbläser, sagte er, das ist doch alles Mist, ich weiß gar nicht, woher plötzlich diese Laubfeindlichkeit kommt, die Leute können kein Laub mehr ertragen, vor allem auf ihren Wegen nicht, auch weiß heute keiner mehr, wie man eine Sense dengelt, wir haben noch alles mit der bloßen Hand gemacht, selbst in der Fabrik, wenn ich allein an die Garnkisten denke, eine verdammte Schinderei war das, zwei Zentner wog so ein Ungetüm ... Ich auch, rief Kramer dazwischen. Was, du auch? Rückenschmerzen meine ich. Ach was Rückenschmerzen, sagte Rottmann, ich rede von Garnkisten, und wir hatten nur unsere Sackkarre, sage und schreibe zwei Zentner, ob du es

glaubst oder nicht, eine elende Plackerei, aber ehrliche Knochenarbeit. Ich glaube es, versicherte Kramer ungeduldig, aber ich muss jetzt wirklich gehen. Wir gehen ja schon, sagte Rottmann und zeigte mit dem Stock in eine Richtung, mit einem kleinen Ausfallschritt wie ein Fechter stach er in die Luft, wir haben denselben Weg. Dann aber blieb er noch einmal stehen, bückte sich nach den Enden eines zerrissenen Absperrbandes, verknüpfte sie und zog das Band dann mit aller Kraft straff. Gelernt ist gelernt, sagte er, ein Weberknoten, der hält eine Ewigkeit.
Als das Brummen des Rasenmähers etwas leiser geworden war, begann Rottmann wieder zu reden, fragte, ob auch Kramer das Gras gerochen habe, er wisse nämlich manchmal nicht, ob es heute noch immer nach Gras rieche oder ob sich bei ihm durch das Brummen des Rasenmähers nur der Geruch von Gras einstelle, vor Jahrzehnten gemähtem Gras eben, wie er auch das Klappern der Webstühle noch immer höre, besonders natürlich hier in der Fabrikstraße, während andere das Klappern nicht hören, nicht einmal in der Fabrikstraße. Da Kramer den Grasgeruch bestätigte, wenn es freilich auch, wie er eingestand, ein wenig nach Benzin rieche, schien Rottmann beruhigt, erzählte nun wieder vom Schmied, dessen Kraft er lobte und dem er wegen der filigranen Grabkreuze und Altarleuchter eine künstlerische Ader nachsagte. In seiner Erzählung hatte der Schmied mal riesige behaarte Pranken, dann wieder ein feines Händchen.

Er erinnere sich noch genau, wie Pätzold, den alle nur Eisen-Hans nannten, in seiner langen schweren Lederschürze vor dem Schmiedefeuer stand, wie er das glühende Eisen hin und her wendete, es ruckweise in die Glut stieß, die aufflammte und Funken sprühte, wie er das Eisen dann zum Amboss wuchtete und mit dem Hammer zuschlug, immer wieder, mal mit voller Kraft, dann wieder fast zärtlich, bis er es endlich in die Wassertonne tauchte, und wie es dann zischte und qualmte. Er sehe auch noch die Pferde vor der Schmiede stehen, im Schatten der Linde, die damals noch keinen Namen hatte und erst seit es die Schmiede nicht mehr gab, Schmiedelinde hieß, ganz geduldig standen die Pferde da mit ihren mächtigen Hinterteilen, neben denen der Schmied plötzlich klein wirkte, wenn er seine Schulter gegen einen Pferdeschenkel stemmte und sich, die Nägel schon zwischen den Lippen, den Huf vor die Lederschürze zog. Als Kind habe er gar nicht hinsehen können, wenn der Schmied die Nägel in die Hufe schlug, behauptete Rottmann und erzählte dann doch jeden Handgriff, die Pferde, sagte er, hätten dabei nicht einmal gezuckt. Auch die Klänge des Schmiedehammers fehlen, sagte Rottmann, die hellen, klaren, die auf den Amboss vor allem. Er sprach noch immer viel lauter als nötig, und Kramer fragte sich, ob es das ferne Brummen des Rasenmähers oder noch immer der Krach der Fabrik in seinem Kopf war, was Rottmann zu übertönen versuchte. Kramer wusste nicht, was er dem anderen glauben konnte, vor allem, weil Rottmann, je länger sie gingen und je weiter sie sich vom ehemaligen Fabrikgelände entfernten, einen zunehmend verwirrten Eindruck machte, immer häufiger sagte er nun nur noch einzelne Wörter, mit denen er die Dinge am Wegrand benannte. Der Feuerlöschteich, sagte er und zeigte mit dem Stock auf einen trüben Tümpel, als würde der Feuerlöschteich erst durch seine Benennung zur Realität. Das Kriegerdenkmal, sagte er, die Turnvater-Jahn-Eiche. Als er mit dem Gehstock, den er manchmal hinter sich her zog und zum Gehen offenbar gar nicht brauchte, Kramer jedenfalls hatte Mühe ihm zu folgen, als Rottmann also auf das Spritzenhaus zeigte, sprach er das Wort Spritzenhaus auch aus, als drohten ihm sonst die Wörter oder die Orientierung verloren zu gehen, obwohl er den Weg kennen musste und auch alles, worauf er zeigte, er ging, dachte Kramer, diesen Weg wahrscheinlich jeden Tag und das seit Jahrzehnten. Was für ein seltsames Paar wir sind, dachte er, jeder, der uns sieht, muss uns für verrückt halten, vor allem den mit dem Stock umherfuchtelnden Rottmann. Aber wahrscheinlich hielten sie ihn ohnehin für verrückt, weshalb sie ihm ja den Namen Webervogel gegeben hatten. Unter diesen Umständen, dachte Kramer, würde es natürlich sinnlos sein, Rottmann noch einmal nach den Ereignissen in der Gurtweberei zu fragen, aber als ihnen kurz darauf, sie hatten gerade einen langgezogenen, fast fensterlosen

Flachbau erreicht, ein Fahrradfahrer entgegenkam, er trug Reithosen und einen Reiterhelm, blieb Rottmann stehen, beugte sich zu Kramer hinüber und flüsterte ihm ins Ohr, dass das der Fabrikbesitzer Freudenberg gewesen sei, höchstselbst, versteht sich. Sieh ihn dir an, sagte er, sieh genau hin, ein Herrenreiter, wie er im Buche steht. Aber ich denke, der Freudenberg hat sich an seinem Webstuhl ..., versuchte Kramer, der schon am Spritzenhaus bemerkt hatte, dass er im Kreis gelaufen war, einen Einwand, den Rottmann ignorierte. Freudenberg & Co., Gurtweberei seit drei oder vier Generationen, alteingesessen, wie man sagt, Export nach Süd- und Mittelamerika, auch nach Ostasien und Indien, da staunst du, sagte er und war plötzlich wieder ganz Herr seiner Sinne. Gürtel, Polster- und Jalousiegurte, Treibriemen und Reißverschlussbänder, alles in allerbester Qualität, er habe von seinem Vater eine Sammlung von Proben geerbt und diese Sammlung dann auch selbst weitergeführt, diese Fülle, diese Vielfalt, schwärmte er, Kramer könne sie besichtigen, alles sei in Kisten geordnet und liege jederzeit bereit, auch wenn das System für einen Laien nicht leicht zu durchschauen sei. Nein, nein, lieber nicht, sagte Kramer. Jederzeit, wiederholte Rottmann. Und dann kamen die Wehrmachtsaufträge, plötzlich war unsere Weberei eine kriegswichtige Fabrik und Freudenberg an der Heimatfront unabkömmlich, denn ohne Gurte taugt natürlich das beste Sturmgepäck nichts.

Wenn man damals an der Fabrik vorbeikam, war das rhythmische Stampfen und Rasseln der Webstühle noch zu hören, aber es war ein anderer Ton, klang wie Sieg Heil! Sieg Heil! Sieg Heil! Und dann brauchte das Heer für seinen Sieg auch noch Brems- und Kupplungsbeläge, also wurden in einem eigens aus dem Boden gestampften Zweigwerk Brems- und Kupplungsbeläge gemacht, auf Befehl von oben sozusagen, die konnten gar nicht genug davon kriegen, obwohl die deutsche Wehrmacht in dieser Zeit eigentlich noch nicht viel bremsen musste, die Front rückte voran und die Kassen waren voll, sagte Rottmann und zeigte mit dem Stock auf einen langen Flachbau, komisch, sagte er, dass gerade diese Baracke stehengeblieben ist, ausgerechnet diese Baracke ein solches Beharrungsvermögen hat, denn natürlich sind die Maschinen, weil sie von den Amerikanern im Krieg nicht zerbombt worden waren, gleich nach dem Krieg von den Russen abgebaut und gen Osten transportiert worden. Die Russen haben uns von den Maschinen befreit, unser Zweigwerk wurde dem Erdboden gleichgemacht, die Baracke für die Arbeiter aber steht noch. Natürlich ohne den Stacheldraht, der sie damals umgeben hat, aber die Fundamente sind deutsche Wertarbeit, sagte er, die wenigen Fensterscheiben sind zwar zersprungen, das geteerte Pappdach aber ist noch wie neu, nur die Farbe blättert von den Wänden ab. Seit Jahren blättere die Farbe von den Wänden, und er wundere sich jedes

Mal, dass die Baracke ihre Farbe trotzdem kaum verändere. Feldgrau, seit einem Dreivierteljahrhundert das gleiche Feldgrau. Die Brems- und Kupplungsbeläge für unsere Panzerwagen wurden übrigens aus heimischen Rohstoffen gemacht, sagte er, die Chemikalien stanken zum Himmel, keiner konnte mehr ein Fenster öffnen, auch an der Heimatfront hatte jeder seine Last zu tragen, sagte Rottmann und verzog sein Gesicht, als sei der Gestank noch immer in der Luft. Trotzdem, nach dem Krieg, als die Luft wieder rein war und alle ihre Nasen in den Wind hielten, wollte kaum jemand den Gestank bemerkt haben, es stank aber noch immer, nur eben nach Hausbrand, weil plötzlich jeder etwas in seinem Ofen zu verbrennen hatte. Und im Garten zu vergraben, oder, wenn es schwer genug war, im Feuerlöschteich zu versenken, der Moder, riechst du den Moder? Das alles ist aber so lange her, dass es schon nicht mehr wahr ist, nur der Gestank, der Gestank bleibt. Beim Herrenreiter, sagte Rottmann auf seinen Stock gestützt, reichte kein Ofen und kein Garten aus, obwohl es im Herrenhaus einen großen Kamin und um das Herrenhaus herum einen großen Park mit einem eigenen Teich gab, zu klein, rief er, alles zu klein, der Freudenberg musste von seinem hohen Ross steigen und galt bei den Russen als Unterstützer des Angriffskrieges, da hat er sich dann lieber aufgehängt und die ganze Familie gleich mit. Auch von den Arbeitskräften aus dem Osten, ohne die das nicht zu schaffen gewesen wäre, unsere Männer standen fast alle an der Front, auch von den fremden Arbeitskräften wollte plötzlich keiner gewusst haben, obwohl man meinen sollte, dass man so eine Prozession des Elends zwischen ihren Baracken und der Fabrik nicht übersehen hat können. Wir hören schlecht, gut, das hat seinen Grund, aber trotzdem, trotzdem… Zwangsarbeiter, na ja, die Verhältnisse, hieß es nur, es waren die Verhältnisse. Kramer war einige Schritte gegangen, war sich aber nicht sicher, ob es die richtige Richtung war, er war erleichtert, als Rottmann ihm folgte. Es gab damals zwar Gerüchte, sagte der, die einen wollten doch etwas gesehen, die anderen trotz ihrer kaputten Ohren etwas gehört haben, Kunststück, die Baracke stand mitten im Dorf, aber richtig zusammengepasst hat das trotzdem nie, Kriegswirren eben, hieß es immer, und wer davon redete, galt als verrückt, alle haben wohl etwas geahnt, aber nun sind die meisten ohnehin tot, und das Leben muss weitergehen, also Schwamm drüber. Rottmann war wieder stehengeblieben, etwas außer Atem gekommen zwar, vielleicht auch verwirrt und musste sich gegen eine Mauer lehnen, von der er sagte, dass es die Schulhofmauer sei. Die alte Schulhofmauer, sagte er und klopfte mit der freien Hand dagegen, während er mit dem Gehstock in die Richtung zeigte, in die er jetzt gehen müsse. Und wohin willst du? In die Schmiedegasse, sagte Kramer. In die Schmiedegasse, so so, dann kehrst du jetzt am besten einfach um, sagte Rottmann mit einem verschmitzten Lächeln und packte Kramer mit festem Griff am Arm, wie um ihm beim Umkehren behilflich zu sein, du gehst bis zu dem Platz, auf dem einmal, du erinnerst dich doch?, die Gurtweberei gestanden hat, und dann kommt die Schmiede, die als solche natürlich nicht mehr zu erkennen ist, immerhin gibt es die eisernen Ringe zum Anbinden der Pferde noch, du kannst sie also nicht verfehlen, es ist das Haus, vor dem die große Linde steht, die Schmiedelinde, nach dem Haus mit der großen Linde gehst du einfach nach rechts. Also dann, sagte Rottmann und ging.

2

Das Haus, das Kramers Tochter mit ihrem Mann gekauft und vor einigen Wochen bezogen hatte, lag etwas außerhalb des Dorfes. Die Gasse, die mit ihrem basaltgrauen Katzenkopfpflaster neben der ehemaligen Schmiede von der Dorfstraße rechts abzweigte, wurde anfangs beidseits von kleinen, eng nebeneinander stehenden Häusern gesäumt, die wie niedergeschlagen wirkten, von einigen bröckelte der Putz, andere waren frisch getüncht. Die Wohnungen darin mussten winzig sein, nur die in den kleinen Fenstern stehenden Blumentöpfe mit in merkwürdiger Uniformität üppig blühenden Orchideen und die neben jeder Tür abgestellten gelben Müllsäcke verrieten, dass sie überhaupt noch bewohnt waren, aber was, dachte Kramer, musste das in diesen kleinen niedrigen Zimmern für ein Leben sein und konnte es sich nicht anders als geduckt vorstellen. An einer der Haustüren warnte ein Aufkleber vor einem bissigen Hund, doch nur eine rotfellige Katze döste zwischen den Scheiben eines Doppelfensters, als läge sie auf dem Grund eines Aquariums. Über ihr hing eine Jalousie schräg auf halber Höhe, offenbar verklemmt, und irgendwo, da war Kramer sich sicher, würde jemand hinter der Gardine stehen oder den Vorhang ein klein wenig zur Seite schieben und ihn beobachten. Vorgärten gab es hier nicht, die Mauern stießen hart an den Fußweg, der ohnehin schmal war und an einigen Stellen noch von parkenden Autos verstellt war, so dass Kramer mitten auf der Straße gehen musste, die bald, ein entsprechendes Verkehrsschild hatte es angekündigt, eine scharfe Rechtskurve machte, sich öffnete und nun wie eine Landstraße anmutete, die sich zwischen alten Apfelbäumen, deren Schatten um diese Zeit schon lang waren, in gestreckter Eintönigkeit sanft ansteigend dahinzog, zu beiden Seiten Wiesen und abgeerntete Felder und überall Stille. Als Kramer, den Rucksack mit dem Nötigsten für ein Wochenende auf dem Rücken, das letzte dieser alten Häuser schon eine Weile hinter sich gelassen hatte, kamen ihm Zweifel, ob er sich die Nummer des gesuchten Hauses richtig gemerkt hatte. Er suchte in seinen Taschen nach dem Zettel mit der Adresse, fand ihn aber nicht, und obwohl das Gefühl, beobachtet zu werden, auch hier auf der Landstraße nicht gewichen war, war niemand zu sehen, den er hätte fragen können. Er wusste, dass er sich verspäten würde, trotzdem, es war noch angenehm warm, und er überlegte, ob er sich nicht eine Weile an den Feldrain setzen sollte, blieb dann wenigstens stehen, wischte sich den Schweiß von der Stirn und schaute sich noch einmal um. Er hatte nun schon eine Höhe erreicht, von der aus das Zentrum des Dorfes nicht mehr als ein Gewirr sich aneinanderdrängender verschachtelter Dächer war, wie ein einziges Gebäude lag es im letzten Sonnenlicht des Tages, bedeckt von einem aus Licht- und Schattenflächen zusammengesetzten Flickenteppich, aus dem allein der Kirchturm ragte, wegen seiner seltsamen Gedrungenheit aber nur knapp. Gen Osten hin flachte das Dorf ab, der Teppich franste aus, ein mit groben Stichen vernähter Riss erwies sich als Pappelallee, dann, an einem dünnen Faden hängend, ein letzter dunkelgrüner Fleck, den Kramer zuerst für den Friedhof hielt, bis er eine matt schimmernde Fläche erkannte, einen Teich vielleicht, und nun eine Parkanlage vermutete, ringsherum Felder und Brachland. Das Dorf machte den Eindruck, als sei hier alles schon getan, als dürfe nichts Neues beginnen, und während er überlegte, ob dies ein Schrecken sei oder eine Hoffnung, sah er gegen Norden hin, hell leuchtend vor einem dunklen Wald, die Gestänge eines Windparks, an denen die Rotoren müde kreisten, und dahinter die Autobahn, über die in nicht endendem Zug die Autos dahinkrochen und hinter der grünen Blase einer Biogasanlage verschwanden. Der Himmel war taubengrau, ein Bussard kreiste über dem abgeernteten Feld, drehte dann ab und verlor sich vor der schwarzen Fläche des Waldes. Kramer sah wieder auf das in sich ruhende Dorf, sah die Krone der Turnvater-Jahn-Eiche und die der Schmiedelinde, sicher gab es irgendwo auch ein Denkmal für die Kriegstoten, das alles, dachte er, musste einst von der Weberei und vor allem von ihren Schornsteinen überragt worden sein, und nun konnte er auch die Lücke erkennen, die der

Abbruch der Fabrik gerissen hatte, ganz in der Nähe musste Rottmann ihn stehengelassen haben. Kramer war froh, dass er diesen komischen Vogel nun los war, der ihn, kaum dass er angekommen war, tief in dieses Dorf hineingezogen hatte.
Er zwang sich, an seine Tochter zu denken, vor zwei Jahren war sie dreißig geworden, immer wenn er an ihr Alter dachte, wurde ihm das seine schmerzlich bewusst. Er konnte nicht sagen, ob sie jünger oder älter wirkte, eine gewisse Strenge beherrschte ihren Gesichtsausdruck, eine Strenge, die er zuweilen für Kälte hielt und die dann doch fast unvermittelt einem befreienden Lachen weichen konnte, doch was ihn am meisten verwirrte, war, dass er manchmal beides gleichzeitig wahrzunehmen glaubte, eine Härte in ihrem Lachen, eine kindliche Verschmitztheit in ihrem Ernst. Er nahm sich vor, sie bei der Begrüßung zu umarmen, doch der Gedanke, dass er sich das vornehmen musste, machte ihm das schwierige Verhältnis zu Tine erneut bewusst, und er setzte seinen Weg mit einem etwas mulmigen Gefühl fort.
Tine hieß eigentlich Justine, der Name war ein ausdrücklicher Wunsch von Kramers Frau gewesen und ging auf einen amerikanischen Film zurück, für den sie Anfang der achtziger Jahre geschwärmt hatte. Dass es sich dabei ausgerechnet um ein Scheidungsdrama, noch dazu mit dem Titel *Kramer gegen Kramer* handelte, war lächerlich, schien Gabriele aber ebenso wenig gestört zu haben wie die Tatsache, dass er den

Film für Kitsch hielt, sie war ganz vernarrt gewesen in den Sohn der Kramers, diesen kleinen Billy. Trotz der Tränen, die sie während des Films geweint hatte, schon damals stand fest, ihr Kind würde ein Sohn sein und sollte Billy heißen oder wenigstens Bill. Kramer selbst hielt Billy für einen Cowboynamen, er wollte sein Kind nicht nach einem Präriehelden benennen und hatte andere, bessere Namen vorgeschlagen, Namen aus seinen Lieblingsbüchern zumeist, und war dann froh gewesen, als eine Tochter geboren wurde. Doch seine Frau wusste natürlich, dass Billys Darsteller den Namen Justin Henry trug und für die Rolle als jüngster Schauspieler eine Oscar-Nominierung erhalten hatte. Wenn also schon eine Tochter, dann sollte sie zumindest den Namen Justine tragen. Gabriele beharrte darauf, und wie so oft hatte er nachgegeben, ihm blieb nur, seine Tochter trotzig Tine zu nennen. Erst nach ihrer für ihn überraschenden Trennung hatte er den Verdacht, nicht dem Jungen, sondern der von Meryl Streep gespielten, in einer Identitätskrise steckenden Mutter könne die eigentliche Sympathie seiner Frau gehört haben. Im Film hatte die Mutter den erbittert geführten Sorgerechtsstreit gewonnen, dann aber doch auf das Kind verzichtet, soweit allerdings hatte es Gabriele nicht kommen lassen, das Kind blieb bei ihr, und er hatte Tine in den folgenden Jahren nur noch selten gesehen.

Und nun stand er doch vor ihrem Haus. Die Schmiedegasse endete hier in einer weit geschwungenen Schleife, offenbar war es das, was Rottmann als Wendehammer bezeichnet hatte. Das Haus selbst sah wie ein typisches Reihenhaus aus, das aber durch seinen abseitigen Standort aus der Reihe fiel oder ursprünglich den Auftakt zu einer Reihe bilden sollte, zu der es aus unerfindlichen Gründen nicht gekommen war, fast wie ein Einödhof oder eine an den Ortsrand verbannte Abdeckerei, Kramer hatte es sich so nicht vorgestellt. Nicht, dass es ihm an Phantasie gemangelt hätte, aber seine Phantasie reichte nicht aus, sich vorzustellen, wie sich seine Tochter hatte für so ein Haus entscheiden können und wie sie darin lebte. Oder sollte er sich wirklich in der Hausnummer geirrt haben? Am Telefon hatte Tine vor einem halben Jahr, als sie dieses Haus zum ersten Mal erwähnte, wahrscheinlich im ersten Überschwang von einem Anwesen gesprochen, dann aber, immer wenn vom Haus die Rede war, eingeschränkt, es sei nichts Großes und der Preis sei ausgesprochen günstig, also hatte Kramer sich etwas Kleines vorgestellt und ihr sogar vorgeschlagen, sich bei einem möglichen Besuch in der Pension einzumieten, was sie aber entschieden abgelehnt hatte, das Haus sei groß genug. Nun musste er erkennen, dass groß und klein keine Kategorien waren, um das Haus zu beschreiben. Auch Worte wie alt oder neu schienen ihm keine hinreichenden Bezeichnungen. Wie Tine selbst, vereinte auch ihr Haus Gegensätze auf eine höchst merkwürdige Weise, doch anders als ihr Gesicht, das gerade dieser rät-

selhaften Unvereinbarkeit seine anziehende Wirkung verdankte, stieß der Anblick dieses Hauses ihn ab. Die Patina der Fassade wirkte schäbig, alles Neue aus der Mode gekommen, ohne den Zustand von Zeitlosigkeit erreicht zu haben, das solide Dach schien provisorisch, jede behelfsmäßige Reparatur dagegen auf Dauer ausgelegt. Kramer sah auf das Haus und suchte nach einem passenden Ausdruck, der all dies zusammenfassen hätte können und war verwundert, als ihm das Wort „gewöhnlich" einfiel. Trotz aller Eigentümlichkeit, es ist gewöhnlich, dachte er und wusste, dass er sich an den Anblick solcher Häuser nicht gewöhnen würde. Zum Glück blühten keine Orchideen am Fenster, doch auch hier stand ein gelber Müllsack neben dem niedrigen Gartentor, dessen feuerverzinkte Stäbe selbst hier in der Schmiedegasse das Schmiedeeisen ersetzt hatten und das, als er es widerwillig aufstieß, ein Krächzen ausstieß, das ihn an Rottmanns Vogelstimme erinnerte. Er ging über die grauen Waschbetonplatten des Weges, stieg die Terrazzostufen zum Vorhäuschen hinauf, zögerte, bevor er den Klingelknopf drückte. Er konnte den Namen auf dem Schild ohne Brille nicht lesen, doch kein Zweifel, es war die richtige Hausnummer.
Er hörte das Läuten, als er die Kamera oberhalb der Haustür bemerkte, wahrscheinlich, dachte Kramer, hat sie mich längst auf dem Schirm, doch es war schon zu spät für ein freundliches Gesicht, und tatsächlich vergingen nur wenige Sekunden, bis die

Tür sich öffnete und Tine ihm entgegentrat. Als er sie umarmte, etwas unbeholfen wie ihm schien, wich sie ein Stück zurück, und der geplante angedeutete Kuss, selbst diesen Begrüßungskuss hatte er geplant, misslang, weil beide ihren Kopf in die gleiche Richtung drehten, statt ihrer Wangen hätten sich um ein Haar ihre Lippen berührt. Beide lächelten verlegen. So flüchtig die Berührung auch war, er hatte den Duft ihres Haares gerochen, und das hatte ihn merkwürdigerweise an das Kind von damals erinnert. Jetzt riecht sie den Tabak, dachte Kramer und flüchtete in eine Entschuldigung, er habe sich verspätet, es tue ihm leid, aber der Bus ... Kein Problem, fiel Tine ihm ins Wort, doch kaum hatte sie sich abgewandt, hörte er ihren vorwurfsvollen Ton. Du hättest wenigstens Bescheid sagen können, sagte sie ihm im düsteren Flur vorausgehend, du brauchst endlich ein Handy. Ich habe ein Handy, knurrte Kramer. Aber du steckst es nicht ein und wenn, dann ist es immer ausgeschaltet. Wenn es nötig ist, schalte ich es an, erwiderte Kramer und ignorierte die Frage, woher er denn wissen wolle, wann es nötig sei. Schön habt ihr es hier, sagte er und merkte sofort, dass diese Bemerkung viel zu früh gekommen war, um anders als eine bloße Floskel zu wirken, außerdem hatte das Haus einen fremden Geruch, er fand aber nicht heraus, wonach. Du willst also zuerst das Haus sehen, sagte Tine schnell, auch ihr war es wohl angenehm, auf diese Weise etwas Zeit zu gewinnen, dann führe ich dich also erstmal rum.

So schlimm, wie ich es mir vorgestellt habe, ist es gar nicht, dachte Kramer, während er seiner Tochter durchs Haus folgte, er meinte das Haus und meinte die Situation. Die Situation hatte er vor ein paar Tagen schon einmal so ähnlich erlebt, als er mit dem Leiter der Universitätsbibliothek die Räume in der neuen, viel größeren und, wie sein Chef behauptete, auch viel schöneren Bibliothek inspizierte. Lustlos war er dem jungen Mann gefolgt, schon sein Alter galt Kramer als Ärgernis, der voller Euphorie von den Vorzügen ihres zukünftigen, von ihm, seinem Chef, konzipierten Arbeitsplatzes schwärmte, während er lieber in den alten Räumen geblieben wäre. Auch jetzt schaute er durch die von Tine geöffneten Türen in die einzelnen Zimmer, ließ sich manches erklären, was ihn nicht wirklich interessierte, doch wenn sie sprach, spürte er ihren Stolz, der ihn rührte. Ich hätte dir beim Umzug helfen können, sagte er auf der Treppe ins Obergeschoss und dachte voller Grauen an den bevorstehenden Umzug der Bibliothek. Dein Rücken, antwortete sie, doch Kramer ahnte, dass sie nicht nur mit seinem Rücken Mitleid hatte, als Tine erklärte, so etwas lasse man heute eine Firma machen. Im Obergeschoss, wo in einer Nische das Bild seiner Eltern hing und der fremde Geruch noch stärker war, wie Klebstoff, dachte er, im Obergeschoss lobte er den Blick in den Garten, der wirklich schön war mit seinen alten Obstbäumen, zwischen denen es jetzt langsam dunkel wurde,

während es über dem Feld, an das er direkt grenzte, erst zu dämmern begann. Vom Wohnzimmer im Erdgeschoss aus konnte man über drei Stufen direkt in den Garten treten, eine Vorstellung, die ihm gefiel und von der er schon oft geträumt hatte, einen Moment lang wusste er nicht, ob er seine Tochter um diesen Gartenzugang beneiden oder stolz auf sie sein sollte, oder ob beides zugleich möglich wäre. Ihm wäre ein vollkommen ebenerdiges Wohnzimmer ohnehin lieber gewesen. Der Garten, ließ Tine ihn wissen, sei ihr ganzer Stolz, nur wegen des Gartens hätten sie das Haus, das ja nicht gerade schön sei, überhaupt genommen, wegen des Gartens und wegen der Alleinlage, morgen werde sie ihm den Garten zeigen, denn heute sei es dafür schon zu spät.
Wo ist Hans-Günther eigentlich?, fragte er, als Tine ihm das Arbeitszimmer ihres Mannes zeigte. Hans-Günther komme heute später, er habe noch in der Firma zu tun, außerdem sei auf der Autobahn um diese Zeit meist Stau, sie brauchten auch mit dem Essen nicht auf ihn zu warten, von nichts komme das alles schließlich nicht, erfuhr er und hatte nicht den Eindruck, dass seine Tochter sich über die Verspätung ärgerte. Hans-Günther, sicher gab es auch zu diesem Namen eine Geschichte, er kannte sie nicht, mit Namen jedenfalls, dachte er, hatte diese Familie offenbar auch weiterhin kein Glück. Er selbst war über die Verspätung ein wenig enttäuscht, nicht, dass er sich auf Hans-Günther sonderlich gefreut

hatte, und der Anblick der peniblen Ordnung des Arbeitszimmers steigerte seine Vorfreude keinesfalls. Verwundert sah er die vollkommen leergeräumte Glasplatte, die dem Softwareentwickler offenbar als Schreibtisch diente, vielleicht würde auch in seinem neuen Büro eine solche gläserne Schreibtischattrappe stehen. Kramer dachte voller Wehmut an das grüne Tischlinoleum seiner Arbeitsplatte, an die schönen Messingleuchten und fragte sich, was aus all dem nach dem Umzug werden würde. Auch der Inhalt des schmalen Bücherregals, das er mit dem geübten Blick des Bibliothekars rasch überflog, machte ihn ratlos, und er fragte sich, was mit seinen Büchern nach seinem Tod geschehen sollte, hierher jedenfalls würden sie nicht passen, dieses Umfeld würde er ihnen nicht zumuten. Die Arbeit seines Schwiegersohns interessierte Kramer eigentlich nicht, sie war ihm so fremd, dass er nicht einmal in der Lage war, Fragen zu stellen. Aber selbst wenn ihr Gesprächsstoff begrenzt war, über Bücher zum Beispiel konnte er mit ihm nur als potentielle Gegenstände zur Digitalisierung reden, wusste er doch aus Erfahrung, Hans-Günthers bloße Anwesenheit machte das Zusammensein mit seiner Tochter leichter und zwangloser, nun aber würde er nachher mit ihr allein im Wohnzimmer oder in der Küche sitzen müssen. Er fragte sich, warum sich die frühere Vertrautheit nicht mehr einstellte, dann aber fiel ihm ein, dass diese Vertrautheit, sollte es sie je gegeben haben, aus einer Zeit stammte, in der Tine noch ein kleines Kind war. Und jetzt, sagte Tine entschieden, habe er sicher Hunger, sie habe ihm schon Handtücher ins Bad gelegt. Also ging er sich artig die Hände waschen und entdeckte, als er dabei in den Spiegel sah, auf der Konsole eine Packung Antibabypillen, die zur Hälfte aufgebraucht war. Der Anblick war ihm peinlich, und ihm fiel das Entsetzen seiner Tochter ein, als sie als Kind einmal eines seiner Kondome im Mülleimer entdeckt hatte, wobei ihr Entsetzen weniger dem Kondom als solchem, sondern der offensichtlich gewordenen Tatsache gegolten hatte, dass er in seinem Alter, er mochte damals etwa fünfunddreißig gewesen sein, noch immer mit ihrer Mutter schlief.

Später dann, in der Küche, Tine stand am Herd und wärmte eine Gemüsesuppe auf, irritierte ihn ihr eng anliegender Pulli, der bei jeder Bewegung irisierte, immer wieder musste er hinsehen, was ihr nicht verborgen blieb. Ist was?, fragte sie leicht verunsichert, doch er schüttelte den Kopf. Was er sah, machte ihm Sorgen, sie kam ihm dünn vor, abgemagert, aber er wusste, dass er sie darauf nicht ansprechen durfte, weil sie jede diesbezügliche Anspielung als einen Angriff auf ihre Ernährung verstanden hätte, vegan oder vegetarisch, diese Entscheidung schien in den letzten Wochen ihr größtes Problem zu sein, sie hatte immer nur ihre Verdauung im Kopf. Wann immer er mit ihr telefoniert hatte, war das Gespräch nach kurzer Zeit auf ihre Gesundheit gekommen, von der sie wie

von einer Krankheit sprach, selbst wenn sie sagte, es gehe ihr gut, war das Misstrauen nicht zu überhören, das sie gegenüber der Dauer dieses Zustandes hegte. Obwohl sie Sozialwissenschaften studiert und schon in der Schule alle naturwissenschaftlichen Fächer gehasst hatte, waren ihre diesbezüglichen Kenntnisse enorm, sie profilierte sich in Fragen der Lebensmittelchemie, vielleicht war auch etwas Esoterik im Spiel, ihre Küche, hatte Kramer sich vorgestellt, musste ein Labor sein. Es schien sie nicht zu interessieren, wie etwas schmeckte, sie wusste indes genau, wie es verdaut wurde und welchem Organ es Schaden zufügen könnte und welchen. Einmal, im Scherz, hatte er am Telefon gesagt, dass der Kopf überschätzt werde und es viel mehr auf den Bauch ankomme, Tine hatte ihm recht gegeben und auf die Studie eines angeblich bekannten Professors verwiesen, dessen Name er aber sofort wieder vergessen hatte.
Tine rührte jetzt in der Suppe, und die Art, wie sie dann den Holzlöffel zum Mund führte und dabei die Lippen schürzte, erinnerte Kramer an ihre Mutter. Er fragte sich indes, was sie von ihm habe, fand aber im Augenblick nichts, vielleicht würde er auch nach längerem Überlegen nichts finden, viel eher war sie seinem Vater ähnlich, aber das war nur ein Gefühl, und er wusste nicht, woran er dieses Gefühl festmachen konnte, zumal sein Vater gerade beim Essen das glatte Gegenteil von Tine war. Sein Vater hatte immer viel und vor allem fettig gegessen, er hatte

regelrecht geschlungen, ein Kriegskind eben wie Rottmann, dachte Kramer und ärgerte sich, weil er schon wieder an Rottmann dachte. Er wollte nicht an Rottmann denken und schon gar nicht an seinen Vater. Tine fragte, was er zur Minestrone trinken wolle, wobei sie das Wort Minestrone betonte, was wohl heißen sollte, dass es keine gewöhnliche Suppe war. Kramer hätte gern ein Bier getrunken und sagte Wasser. Keinen Wein?, fragte sie, und es klang wie eine Anspielung. Oder sollte es ein Friedensangebot sein? Nur wenn du ein Glas mittrinkst, sagte Kramer. Er wisse genau, dass sie keinen Alkohol vertrage, sagte sie nicht ohne Vorwurf, sie trinke Tee, aber Hans-Günther würde später sicher den Rest trinken. Sie traut mir keine ganze Flasche zu, dachte Kramer und blieb beim Wasser. Nachdem sie das kochende Teewasser in die Glaskanne gegossen hatte, beobachtete er die grüne Wolke, die sich langsam durch die Flüssigkeit wälzte und fragte, ob sie einen gewissen Rottmann kenne, dieser Rottmann nämlich und nicht der Bus sei der Grund für seine Verspätung gewesen. Tine überlegte, aber es fiel ihr niemand mit diesem Namen ein, dürre Alte, Kramer hatte Rottmann inzwischen beschrieben, dürre Alte gebe es viele, erst als Kramer sagte, dass alle ihn den Webervogel nennen würden, wusste sie Bescheid. Der Webervogel also, na dann Mahlzeit, sagte sie und stellte den dampfenden Topf auf den Tisch. Er sei noch keine Stunde im Ort und schon in bester Gesellschaft. Das Thema schien vermintes Gelände zu sein, Kramer hätte gern gewusst warum, ließ es trotzdem dabei bewenden und lobte lieber die Suppe, die in der Tat schmeckte, wenn auch, wie er fand, etwas fad und diätetisch. Und sonst?, fragte er und meinte nicht ihre Gesundheit. Die Haut mache ihr in letzter Zeit etwas zu schaffen, aber das bekomme sie in den Griff, ihre Migräne habe sie schließlich auch in den Griff bekommen. Du weißt ja, sagte sie, meine Migräne war äußerst hartnäckig, besonders nach deiner Trennung von Mutter. Wieder war der Vorwurf in ihrer Stimme nicht zu überhören, trotzdem war sich Kramer nicht sicher, ob er ihn sich nur eingebildet oder Tine ihn wirklich beabsichtigt hatte. Die Suppe ist wirklich gut, sagte er noch einmal und schob seinen leeren Teller in Richtung des Topfes. Seine Tochter füllte ihn erneut, und einige Minuten aßen sie schweigend, Kramer entging die Beklemmung, die über diesem Schweigen lag, nicht, doch gleichzeitig, obwohl er keinerlei Fürsorge erwartete, genoss er die Rolle eines Gastes, dem es seiner Meinung nach nicht oblag, die Unterhaltung am Laufen zu halten. Womöglich war die Fähigkeit, schweigen zu können, ohne dabei unruhig zu werden, doch etwas, was seine Tochter von ihm hatte, dachte er, als Tine plötzlich aufstand, ihren Teller zur Spüle trug und länger als nötig Wasser über ihn laufen ließ. Vielleicht, vermutete Kramer, war es ihr recht, dass sie ihm so eine Weile den Rücken zukehren konnte und das Geräusch des laufenden Wassers die Stille durchbrach. Als sie wieder am Tisch saß, erzählte sie ihm von den Schwierigkeiten der Renovierung, schimpfte über die Handwerker oder sprach über Leute aus dem Dorf, die er nicht kennen konnte, als handle es sich um gemeinsame Bekannte, doch jedes Mal, wenn sie das Thema wechselte, machte sie längere Pausen, als wolle sie ihm damit zeigen, das es sich nur um Ersatzthemen handelte und sie viel lieber über die Trennung und die daraus resultierende Verschlimmerung ihrer Migräne gesprochen hätte. Kramer zeigte sich interessiert, fragte manchmal nach, gab ihr, um sie nicht zu reizen, in allem recht oder steuerte selbst ein paar belanglose Bemerkungen bei, doch es schien beiden, als durchschaue der andere dieses Spiel, aber Kramer hatte keine Lust, sich für die Trennung zu rechtfertigen. Gabriele hatte schließlich ihn verlassen, das lag nun fast zwanzig Jahre zurück und war schon damals überfällig gewesen, er hatte es längst überwunden, vielleicht aber auch nur Angst, die Erinnerung daran könnte schmerzhafter sein, als er es sich eingestehen wollte, jedenfalls lag es ihm fern, jetzt noch nach Ursachen oder gar einem Schuldigen zu suchen. Tine aber schien daran gelegen zu sein, ihn an den Pranger zu stellen, und damit hatte er nicht gerechnet. Wie wenig du von deiner Tochter weißt, dachte er. Und sie, was wusste sie schon von ihm?

Sie waren auf Tines Drängen inzwischen ins Wohnzimmer gewechselt, wo man, wie sie fand, bequemer sitze, und wo sie es sich, nachdem sie eine Kerze angezündet hatte, auch sofort auf dem Sofa bequem machte, das Kramer als das Sofa seiner Eltern erkannte und das ihm noch nie gefallen hatte. Er sah die helle Stelle auf der Sitzfläche, auf die ihm als Kind aus Unachtsamkeit etwas Leim getropft war. Das Sofa war damals noch neu gewesen, und er erinnerte sich im flackernden Kerzenlicht, wie sein Vater getobt hatte, der Klebstoff hatte den Plüsch hart gemacht, und er hatte jetzt das Bedürfnis, diesen Fleck zu berühren. Dann spielte er nervös mit dem abgebrannten Streichholz, das er in seiner Hosentasche gefunden hatte. Tine hockte mit angezogenen Beinen in der Sofaecke, ihre Arme umschlangen die Knie, auf denen die schwarze Strumpfhose sich gespannt hatte und fadenscheinig geworden war. Nach einer Weile ließ sie die Füße wieder zu Boden gleiten, griff ihre Teetasse und umklammerte sie mit beiden Händen, als friere sie. Wie Gabriele, dachte er und sagte es dann auch. Mutter war es immer zu warm, sagte Tine. Später vielleicht, sagte er, früher hat sie immer gefroren. Dann bemerkte sie, dass ihr Vater auf seine Armbanduhr schielte. Es musste sie gekränkt haben, und sie wollte ihm offenbar zeigen, dass sie es bemerkt hatte. Es war erst neun, doch sie sagte mit gespielter Überraschung, wie schnell doch die Zeit vergehe, es sei ja schon neun und dass Hans-Günther nun sicher bald kommen werde. Kurz darauf war vor der Wohnungstür tatsächlich ein Geräusch zu hören, als taste jemand im Dunklen nach der Klinke. Sofort

stand Tine auf, um ihrem Mann die Tür zu öffnen, doch es war nur eine rotfellige Katze, die durch den Spalt huschte und mit jenem rätselhaften Instinkt von Katzen, den Kramer schon oft beobachtet hatte, Tines Lockungen missachtete und direkt auf ihn zukam, obwohl oder gerade weil er Katzen nicht besonders mochte und sie deshalb durch Missachtung von sich fernzuhalten hoffte. Das Streichholz, das er zwischen Daumen und Zeigefinger eingeklemmt hatte, zerbrach. Schon sprang das Tier auf seine Knie, streckte sich und rollte sich dann auf seinem Schoß zusammen. Kramer hob erschrocken die Hände, versuchte seine Abneigung aber wenigstens zum Schein zu überwinden und begann das Tier zu kraulen, was seine Tochter sichtlich und hörbar freute: Sie mag dich, ist sie nicht süß? Und dann, wieder hatte es eine längere Pause gegeben, setzten beide gleichzeitig zum Sprechen an, fielen sich ins Wort und mussten darüber lachen. In diesem Moment schien sich die Situation zu entspannen, und Kramer erbat sich nun doch ein Glas Wein. Er wunderte sich, wie mühelos und schnell Tine die Flasche öffnete, seiner Meinung nach viel zu geschickt für eine Frau, die, wie sie behauptet hatte, nie Alkohol trank.
Und du hast also heute unseren Webervogel kennengelernt, sagte Tine, als sie ihm einschenkte, mit einem tiefen Seufzer, von dem Kramer nicht wusste, ob er Rottmann galt oder der Enttäuschung, dass das Gespräch nicht die von ihr beabsichtigte Richtung

nahm. Sie sagte unser Webervogel, und Kramer war erstaunt, wie schnell sich seine Tochter offenbar als Teil der Dorfgemeinschaft verstand. Kennengelernt wäre zu viel gesagt, sagte er, ich bin ihm nur flüchtig begegnet. Sie glaube nicht, dass man einem wie Rottmann flüchtig begegnen könne, einer wie Rottmann trage sein Herz auf der Zunge, und es würde sie nicht wundern, wenn er, Kramer, inzwischen zum Kenner der hiesigen Industriegeschichte geworden sei, der vergangenen, versteht sich. Na ja..., sagte Kramer. Habe ich es mir doch gedacht, fiel Tine ihm ins Wort, dann brauche ich dir seinen Spitznamen nicht zu erklären. Sie hatte die Weinflasche noch in der Hand, als sie plötzlich innehielt und über etwas nachdachte, Kramer glaubte schon, sie werde sich nun auch ein Weinglas holen, dann aber ging Tine mit der Flasche wieder in die Küche, kehrte gleich zurück und stellte sie auf einen mitgebrachten Korkuntersetzer. Rotwein macht hässliche Flecken, sagte sie. Kramer sah seine Tochter ungläubig an, behielt sein Glas über der inzwischen friedlich schlafenden Katze zur Sicherheit in der Hand. Am Anfang habe sie Rottmann für einen zwar allzu redseligen, aber doch liebenswerten Kauz gehalten, nahm Tine den Faden wieder auf, aber mit der Zeit gehe ihr dieser Wutbürger gehörig auf den Geist, von seinen politischen Ansichten ganz zu schweigen, sie könne ihren Vater nur warnen vor diesem Weberknecht. Nicht nötig, sagte Kramer, der, die Katze auf dem Schoß, mit seiner Tochter nicht auch noch über Politik diskutieren wollte, er habe nicht vor, seine Kenntnisse der hiesigen Industriegeschichte zu erweitern. Insgeheim interessierte es ihn aber doch, und plötzlich hatte er sogar das Gefühl, Rottmann verteidigen zu müssen. Ihr Großvater, gab er zu bedenken, sei schließlich auch sehr mitteilsam gewesen, geschwätzig geradezu, zumindest ihr gegenüber, denn was ihn als seinen Sohn betreffe, habe sich der Vater eher verschlossen gegeben. Auf seinen Vater ließ Tine gewöhnlich nichts kommen, das wusste Kramer, umso erstaunter war er, dass sie seinen Einwand zu überhören schien. Den Schrank da habe ich dem Rottmann abgekauft, übrigens recht günstig, sagte sie und zeigte nicht ohne Stolz auf eine reich verzierte Rokokokommode, die Kramer schon bei seinem Eintreten aufgefallen war und die er seitdem immer wieder gemustert und sich gefragt hatte, ob sie echt sei oder nur eine Nachahmung aus der Zeit des Historismus. Keine Frage, der Schrank gefiel ihm, gerade weil er altmodisch war, und obwohl er in seiner Verspieltheit etwas Kulissenhaftes hatte und wie ein Fremdkörper im Zimmer stand, wunderte er sich, wie ausgerechnet Rottmann in den Besitz eines so wertvollen Stückes gekommen war, denn immerhin, wertvoll schien der Schrank zu sein.

Doch bevor er Tine über den Schrank befragen konnte, betrat Hans-Günther das Wohnzimmer. Sie hatten sein Kommen nicht gehört, er musste die Tür ganz vorsichtig geöffnet haben, nur das starke Flackern der Kerze hatte ihn verraten, und er sprach auch so leise, als gebe es im Haus noch einen weiteren Bewohner, der keinesfalls gestört werden durfte, trotzdem hörte Kramer ganz deutlich und mit Verwunderung, wie Hans-Günther seine Frau, als er ihr einen flüchtigen Kuss auf die Wange gegeben hatte, Jussi nannte. Jussi, er konnte es nicht fassen. Hans-Günther, der eine dunkelgrüne Wollmütze trug, eher eine Art gestrickte Kappe, die er auch im Zimmer nicht abnahm, als müsse er gleich wieder los, begrüßte ihn zwar mit fast devoter Freundlichkeit, die Kramer gespielt vorkam, schien dabei aber seltsam abwesend, Kramer war sich nicht sicher, ob sein Schwiegersohn ihn überhaupt erkannt hatte. Dann holte er sich ein Glas, schenkte sich Wein ein und leerte das Glas noch im Stehen in einem Zug. Sein Gesicht hatte Kramer schmaler in Erinnerung, die Haut war blass und seltsam teigig, vor allem aber sah Hans-Günther erschöpft aus. Kramer bemerkte es, bevor Hans-Günther nach einem gekünstelt wirkenden Gähnen sagte: Ihr glaubt gar nicht, wie müde ich bin. Kramer war es auch, doch es schien ihm unhöflich, sich jetzt schon zurückzuziehen. Oder gebot es nicht gerade die Höflichkeit, nun auf sein Zimmer zu gehen? Hans-Günther klatschte in die Hände, ihr habt euch sicher viel zu erzählen, sagte er plötzlich gut gelaunt zu Tine, du und … – er suchte nach einem passenden Wort, und Kramer fürchtete schon, er würde ihn Dad nennen –, du und dein Vater. Er müsse jetzt erst einmal unter die Dusche, und Hunger habe er auch. Tine stand sofort auf und eilte in die Küche, zupfte ihm aber vorher noch die umgeschlagene Ecke seines Hemdkragens zurecht. Hans-Günther ließ es lächelnd geschehen, und als er sich im Gehen dann doch die Mütze vom Kopf nahm, wurde eine lichte Stelle am Hinterkopf sichtbar. Kramer blieb mit der Katze allein zurück, der er, ohne sich dessen bewusst zu sein, noch immer das Fell kraulte. Als er es bemerkte, schob er das Tier grob zur Seite, die Katze ließ sich vom Sofa gleiten und schritt, den Schwanz steil erhoben, voller Stolz davon. An der Tür blieb sie stehen, schaute sich nach Kramer um und wartete. Der wusste nicht worauf. Dabei lag es auf der Hand, dass die Katze hinaus wollte, er hätte ihr also einfach die Tür öffnen können, er stellte sich auch vor, wie er aufstehen und die Katze durch die Tür lassen würde, aber wie so oft hinderte ihn etwas, das Naheliegende einfach zu tun. Er sah die Katze, sah ihren Blick, was, dachte er, wenn ihr Blick keine Bitte ausdrückte sondern eine Art Ultimatum, und sie in Wahrheit nur darauf wartete, von ihm zurückgerufen zu werden. Seine Frau, fiel ihm ein, ihr Weggehen vor langer Zeit, in seiner Erinnerung stand Gabriele mit gepackten Koffern in der Tür und drehte sich noch einmal um, er hoffte auf ein letztes Wort, mit dem sich alles als Irrtum erweisen würde, und in seiner Erinnerung sah sie ihn an, als wolle sie dieses

Wort nun sagen, aber dann sagte sie nichts. Los, sag was, du blödes Vieh, rief er der Katze zu. Vielleicht hätte ich Gabriele doch noch zurückhalten können, dachte er, vielleicht hätte ich es wenigstens versuchen sollen. Und Tine? Es war merkwürdig, Tine kam in seinen Erinnerungen an diesen letzten Tag mit Gabriele nicht vor. Kramer sah die Katze an, er klopfte sich auf die Schenkel, na los, komm schon, sagte er. In diesem Moment kam Tine ins Wohnzimmer zurück, schnell huschte die Katze durch die geöffnete Tür. Kramer wäre ihr gern gefolgt, zu Hause ging er um diese Zeit gern noch ein bisschen allein durch die Straßen. Zum Glück war Hans-Günther noch im Bad, und so konnte Kramer, ohne dessen schon oft gehörten Einwand, die Zukunft der Bibliotheken liege einzig in ihrer vollständigen Digitalisierung, etwas entgegnen zu müssen, seiner Tochter vom bevorstehenden Umzug der Bibliothek erzählen, sie könne sich sicher vorstellen, was das bedeute, gerade für ihn mit seinem kaputten Rücken, auch wenn das meiste natürlich von einer Firma erledigt würde, trotzdem, jedenfalls sei er jetzt müde, erst die Zugfahrt, dann noch ein Stück mit dem Bus, leicht seien sie ja nicht zu erreichen in ihrem Dorf, aber sie hätten immerhin noch das ganze Wochenende vor sich. Hastig trank er sein Glas aus und stellte es entschlossen auf den Tisch. So! Dann zog er sich ins Obergeschoss zurück.

3

Kramer hatte schlecht geschlafen. Das fremde Zimmer, das bei jeder Bewegung knarrende Gästebett, womöglich stammte es noch von den Vorbesitzern des Hauses, jedenfalls hatte es in der Mitte eine beträchtliche Kuhle, in die er immer wieder hineingerollt war. Er hatte also keine Ruhe gefunden, zu Hause wäre er aufgestanden, hätte ein Glas Wasser getrunken oder am offenen Fenster eine Zigarette geraucht und auf die Straße geschaut, wo der Verkehr auch nachts nie ganz versiegte. Die Zigarette hatte er sich verboten, zu sehen würde es nichts geben. Er hatte nur das vom bleichen Licht des Mondes erhellte Muster der Tapete angestarrt, die sich ständig wiederholenden Arabesken aus Akanthusblättern und geometrischen Figuren hatten ihn aber eher wachsam als schläfrig werden lassen. Auch die Tapete schien ein Relikt aus vergangener Zeit zu sein. Einmal, schon weit nach Mitternacht, war das blendende Scheinwerferlicht eines Autos, das auf dem Platz vor dem Haus einen Kreis zog, über die Wand gewischt und hatte dabei für Augenblicke die gerahmte Fotografie eines alten Fachwerkhauses beleuchtet. Und dann hatte er Geräusche gehört, zuerst etwas, das er für ein Stöhnen hielt, wahrscheinlich aus dem Schlafzimmer seiner Tochter, ein rhythmisches Stöhnen, das ist doch…, hatte er gedacht und sich verboten, den Gedanken, der ihn peinlich berührt hatte, weiterzudenken. Aber hören, weiterhören hatte er trotzdem müssen und dann, sich im Bett wälzend, wie das verspätete Echo jenes Knarren des Bettes, ein Schlurfen im Gang gehört und von draußen den Wind, schließlich aber, er hatte sich nicht mehr bewegt und sogar unwillkürlich den Atem angehalten, das anfangs noch ferne, aber immer näher kommende und schließlich ganz nahe Gebell eines Hundes, ein Gekläffe wie Rachenkatarrh, das allmählich zu einem langgezogenen Sirenenton anschwoll, als heule die Kreatur den Mond an. Ein Hund? Jener Dorfköter vielleicht, vor dem der Aufkleber an einer der Türen gewarnt hatte, oder doch ein Wolf? Kramer war sich irgendwann sicher gewesen, es musste das Heulen eines Wolfes sein. Er hatte an die Alleinlage des Hauses gedacht, an den fehlenden Zaun, an das zum Feld hin offene Grundstück. Der Gedanke hatte ihn beunruhigt, doch dann, es begann schon zu dämmern, und er hatte inzwischen die Fensterläden geschlossen, ohne dabei aber das verdächtige, freilich schon längst verstummte Stöhnen aus dem Kopf zu kriegen, war seine Beunruhigung eine allgemeine geworden, dieses ganze Wochenende, hatte er gedacht, ist ein einziger Fehler gewesen.

Als Kramer nun mit der Morgenzigarette vor der Haustür stand, wollte er sich eigentlich etwas ausdenken, das seine schon in der Nacht beschlossene vorzeitige Abreise rechtfertigen sollte, einen dringenden Termin, den er vergessen hatte, oder einen unerwarteten Anruf seines Chefs. Siehst du, würde er zu Tine sagen, wenn es nötig ist, schalte ich mein Handy schon ein. Er entschloss sich dann doch, obwohl es noch ziemlich kühl war, vorerst einen kleinen Spaziergang zu machen und dabei über den vergangenen Abend nachzudenken. Er versuchte seine Zigarette auf dem Gehweg auszudrücken, kam aber nicht bis zum Boden, alles war steif, sein Rücken schmerzte, also streifte er die Glut am Gartentor ab und ließ die Kippe dann, um seine Tochter nicht zu verärgern, in seiner Jackentasche verschwinden.

Er fragte sich, wohin er gehen könnte. Wie gesagt, die Straße endete neben dem Haus mit einer von Fahrzeugspuren in den weichen Boden gezeichneten Schlaufe. In den notdürftig mit Bauschutt aufgefüllten Fahrrinnen stand Regenwasser. Er wollte aber nicht zurück ins Dorf, also blieb bloß ein schmaler Weg, eher ein Trampelpfad, der am Scheitel der Schlaufe von der Straße abzweigte und dann als schwarzbraune Rinne matt glänzend über eine Wiese und leicht bergan bis zu einem Waldrand führte. Kurz davor, am höchsten Punkt des Weges, stand ein Hinweisschild, windschief zwar, aber gut lesbar noch immer: *Nach der Stipendie*. Der Weg fiel danach steil ab, genau wie die Spitze des aus der Horizontalen gekippten Schildes es vorgab, er führte an einem verwitterten Grenzstein vorbei und verlor sich nach gut hundert Metern im kniehohen Gras einer Senke, die sich an der tiefsten Stelle zu einer Art Schneise weitete, Lichtung wäre nicht das richtige Wort, denn der sich ringsum die Hänge hinaufziehende Fichtenwald war düster und würde der Sonne, da war Kramer sich sicher, wenn überhaupt, nur gegen Mittag ein scheues Blinzeln erlauben. Eine Wiese, darauf ein paar alte knorrige Obstbäume, die Stämme und Äste in einen Pelz aus Moos und Flechten gehüllt, drei Häuser, zählte Kramer die Holzschuppen mit ihren Schuppenanbauten und eine die Häuser en miniature darstellende Hundehütte nicht mit, das war also die Stipendie. Drei Märchenwaldhäuser waren es, mit Schieferdächern, hohen spitzen Giebeln und geschlossenen Fensterläden, von denen die rote Farbe blätterte, kein Mensch war zu sehen, aber immerhin, vor einem der offenbar unbewohnten Häuser stand mit geöffneter Motorhaube ein Auto auf drei Rädern. Es war ein alter Wartburg, ein 311er, der Kühlergrill sah aus, als fletsche das Gefährt die Zähne. Wer mit diesem rostigen Auto vor langer Zeit hierher gelangt war, musste offenbar einen weiten Umweg über eines der Nachbardörfer in Kauf genommen haben, vielleicht über eine nur notdürftig befestigte Forststraße. Noch rätselhafter aber war ein Segelboot, das hier fernab jeden Sees, vom Meer ganz zu schweigen, abgetakelt neben einem der Schuppen aufgebockt war, als hielte es noch immer seinen Kurs. Ganz deutlich konnte Kramer an der Spitze des weißen Rumpfs den Namen Ramona lesen. Aber was, fragte er sich, sollte das Wort Stipendie bedeuten? Wohnten hier, abseits des Dorfes, wo sich, wie man sagt, die Füchse gute Nacht sagen, vielleicht Stipendiaten? Stipendie, Stipendie ... Kramer flüsterte den Namen vor sich her, und je öfter er das Wort wiederholte, desto mystischer erschien ihm der Ort. Er stellte sich vor, wie der Nebel an manchen Tagen in dichten Schwaden in der Senke hockte, wie der Wind, der sanft über den Kessel strich, einzelne Fetzen aus dem bauschigen Grau riss, sie über die Ränder schwappten und als zarte Schleier über die Felder wehten, während sich das Gewölk in der Grube nur noch tiefer wälzte und immer dichter wurde, wie alles darin seine Konturen verlor, die Häuser, die Bäume, deren schwarze Astfinger aus dem Nebel geisterten, und nahm nicht auch das Boot jetzt Fahrt auf, ganz langsam schob sich der Bug der Ramona über die Wiese, glitt das Schiff durch die Stille, bis der dunkle Ton eines Nebelhorns sie zerriss. Der Nebel hatte Perlen an die Fäden der Spinnen gereiht, und dann fing alles zu triefen an, es tropfte von den Zweigen und den zwischen verrosteten Gestellen schlaff hängenden Wäscheleinen, von den Traufen der Schuppendächer und den Rispen der Gräser fielen die Tropfen. Und er stellte sich vor, dass, obwohl die Bilder verschwammen, jedes Geräusch wie um seiner selbst willen überdeutlich zu hören sein müsste, ganz klar würde das Platschen jedes einzelnen Tropfens klingen, und das Knacken eines Astes würde von den Hängen

widerhallen, das, dachte Kramer, würde die Stunde der Gespenster sein, und die acht Erhängten fielen ihm ein, vielleicht hingen auch unter dem First eines Daches oder in einem der Holzschuppen ... als er plötzlich etwas Hartes und Spitzes in seinem Rücken spürte, erschrak, sich jäh umdrehte und eine schlaksige Gestalt in der klaren Luft dieses Morgens vor sich sah, in der er im nächsten Augenblick mit einer Mischung aus Erleichterung und Erstaunen diesen Rottmann erkannte, der seinen Gehstock direkt auf ihn richtete.
Sie?! Kramer atmete hörbar aus, war dann aber doch verärgert, musste der Kerl ihn so erschrecken. Was wollte der überhaupt hier? Kramer konnte nicht an Zufall glauben, und Rottmann gestand auch freimütig ein, heute schon ganz früh aufgebrochen und zum Haus in der Schmiedegasse gegangen zu sein, natürlich in der Hoffnung ihn, Kramer, zu treffen. Du warst doch schon lange nicht mehr in der Stipendie, habe ich heute gleich nach dem Aufwachen zu mir gesagt, sagte Rottmann, warum gehst du also nicht wieder einmal in die Stipendie, aber dabei habe ich auch an die Schmiedegasse gedacht, in der Schmiedegasse, sagte ich mir, hast du ja jetzt einen Freund. Sie verfolgen mich also? Verfolgen, was sei denn das für ein hartes Wort, er habe gedacht, Kramer freue sich vielleicht, in der Fremde einem bekannten Gesicht zu begegnen. Sie haben mich erschreckt, sagte Kramer schon etwas resignierend und starrte den Alten an,

der, offenbar fror er, nicht nur die Schultern hochgezogen und den Kopf geduckt, sondern auch den Kragen seiner wattierten und ziemlich ausgeblichenen Jacke aufgestellt hatte, so dass man um den Hals deren ursprüngliche Farbe sah, er selbst aber seltsam halslos war, barhäuptig obendrein. Auf dieses bekannte Gesicht kann ich verzichten, dachte Kramer. Ich habe meine Tochter, sagte er kleinlaut und versuchte dabei nicht an den gestrigen Abend zu denken, aber dann fiel ihm ein, dass Tine sein Fehlen inzwischen bemerkt haben musste und sicher auf ihn wartete. Aah, die Tochter, sagte Rottmann im gleichen rätselhaften Tonfall wie gestern und forderte Kramer mit einer energischen Bewegung seines Stockes zum Rückweg auf, wobei er den Stock gleich wieder senkte und damit beflissen einige Brennnesseln und das hohe, vom Tau noch feuchte Gras zur Seite bog, die freie Hand steckte er wegen der Kälte in die Hosentasche. Wir waren übrigens schon beim Du, wenn ich mich nicht irre, sagte er, seit gestern schon, ich habe gestern sofort gedacht, ein angenehmer Mensch, ein geborener Zuhörer, etwas maulfaul vielleicht, aber das macht nichts, die Leute können ja heute nicht mehr zuhören, also los, gehen wir. Und wie er nun durchs feuchte hohe Gras stelzte, die Knie nicht ungeschickt anhebend und die Füße behutsam aufsetzend, den Kopf aber bei jedem der ausladenden Schritte ein klein wenig nach vorn stoßend, sah er wieder wie ein Vogel aus, ein Marabu vielleicht. Stipendie, was bedeutet das überhaupt?, rief Kramer ihm hinterher. Es interessiert dich also? Schon, sagte Kramer, aber ich kann auch meine Tochter fragen. Fragen kannst du, aber sie wird es nicht wissen, antwortete Rottmann, denn es wisse heute kaum noch einer, eine Zugereiste schon gar nicht, aber das sei eben der Lauf der Zeit, der Lauf der Zeit führe ins Vergessen, heute wisse man nicht mehr, was eine Stipendie sei, und in ein paar Jahren zucke vielleicht jeder schon beim Wort Schmiede mit den Schultern, von den sogenannten berühmten Persönlichkeiten wolle er gar nicht erst reden, gestern habe man Straßen nach ihnen benannt, heute kenne sie kein Mensch mehr, in Amerika habe man die Straßen deshalb gleich nummeriert. Ob er schon einmal in Amerika gewesen sei? Nein, sagte Kramer. Ihn, Rottmann, brächten keine zehn Pferde dahin. Aber du weißt, was Stipendie bedeutet?, fragte Kramer und ärgerte sich sofort über das Du. Natürlich weiß ich es, sagte Rottmann und einen Moment lang sah es aus, als verliere er dabei die Balance. Also?, fragte Kramer. Wusste ich's doch, ein geborener Zuhörer bist du, triumphierte Rottmann und erklärte, dass die Stipendie ein Geschenk der Herrschaft an ihre Untergebenen gewesen sei, in diesem Fall also drei Häuser für ihre Waldwärter, die damals noch zeitlebens Waldwärter gewesen seien, wie auch ihre Kinder zeitlebens nichts anderes als eben Waldwärter gewesen seien, das liege aber schon ewig zurück, er sei auch immer nur Weber gewesen, aber heute sei es modern, alle paar Jahre seinen Beruf zu wechseln, Stümper und Dilettanten, die Welt sei voller Stümper und Dilettanten.

Er sei eigentlich selten hier gewesen, vielleicht weil er die Stille nicht habe ertragen können. In dieser Stille, sagte Rottmann, bin ich mir immer nackt vorgekommen. Nackt?, fragte Kramer, der sich nicht vorstellen konnte, wie man sich in der Stille nackt fühlen kann. Nackt, sagte Rottmann, oder nenne es, wie du willst, mir war die Gegend zu abgelegen, regelrecht unheimlich, und lange Zeit hat die Stipendie ja auch keinen guten Ruf gehabt. Ihre Bewohner jedenfalls, sagte Rottmann, galten immer als Sonderlinge, das hat man uns damals schon früh eingebläut, Waldwärter waren sie längst nicht mehr, und die meisten von ihnen blieben auch nicht lange, und man bekam sie kaum zu Gesicht, ihre Frauen schon gar nicht, es waren in der Einsamkeit wortkarg und etwas schrullig gewordene Eigenbrötler, die mit sich und der Welt verquer lagen. Vielleicht waren sie das auch schon vorher und nur deshalb in die Einsamkeit gezogen, geschenkt aber bekamen sie hier nichts. Da hinten, sagte Rottmann plötzlich, er war stehen geblieben und zeigte mit dem Stock, den er dafür in die angewärmte Hand nahm, während die andere nun in der Hosentasche verschwand, zurück in Richtung der Holzschuppen, da hinten, aber vielleicht täusche ich mich auch. Was denn da hinten sei, wollte Kramer wissen. Ach nichts, sagte Rottmann, ich dachte, da hat sich etwas bewegt, aber es war wohl nichts, ich sage ja, eine unheimliche Gegend, gehen wir lieber weiter.

Leicht, sagte Rottmann nach einer Weile, leicht falle ihm das Gehen nicht, das liege an seinem Knie, dem rechten. Sein Arzt, angeblich eine Koryphäe auf diesem Gebiet, habe eine altersbedingte ... er könne dieses Wort nicht aussprechen ... als Ursache vermutet, er selbst habe eher das Wetter in Verdacht, aber egal, der Arzt habe ihm Ruhe, erst Ruhe und einen Monat später dann Bewegung empfohlen, bald, habe dieser Arzt gesagt, könne er wieder auf Brautschau gehen, die Zeit heile nämlich alle Wunden, aber dieser Witzbold habe gut reden, er habe eben nicht sein, Rottmanns, rechtes Knie. Aber gut, ich bewege mich, obwohl ich lieber still im Sessel sitzen würde, schließlich habe ich mir meinen Ruhestand verdient, aber immer, wenn ich ruhig im Sessel sitze, zieht mich der Fabriklärm in meinem Kopf aus der Ruhe heraus, erst aus der Ruhe, dann aus dem Sessel, ich mache also meine Erkundungsgänge, streune herum, gehe sogar bis in die Stipendie, nein humple, auch wenn ich es vielleicht irgendwann bereuen werde, bergauf, bergab, alles mit meinem kaputten Knie. Vielleicht das Knie, rief er dann, vielleicht heilt die Zeit ja mein Knie, als ob das Knie mein größtes Problem wäre! Denn auch sonst werde ich immer weniger, ich bin nur noch Haut und Knochen, bald werde ich gar nicht mehr da sein, aber zum Arzt gehe ich nicht mehr, sagte Rottmann, denn was ist schon ein kaputtes Knie, eine Lappalie, die meisten meiner Schulkameraden sind schon lange tot und viele meiner Kollegen, alle tot, auch mein Bruder, lange tot. Vielleicht, dachte Kramer, als er zu den Holzschuppen schaute und nichts entdecken konnte, hat auch Rottmann an die Erhängten gedacht oder an einen toten Kollegen, aber ich werde ihn jetzt nicht auch noch nach seinem Bruder fragen. Nach dem Krieg, sagte Rottmann, als er weiterging und nun auf einmal hinkte, nach dem Krieg waren es Umsiedler aus Ostpreußen und Schlesien, Umsiedler oder Vertriebene, die einen sagten so, die anderen so, Fremde auf jeden Fall mit merkwürdigen Namen, bei deren Aussprache man sich die Zunge brach, und einen komischen Dialekt hatten sie auch. Den man aber fast nie hörte, denn selbst wenn die Hinterwäldler, was selten genug passierte, einmal im Dorfkrug auftauchten, saßen sie meist abseits und stierten vor sich hin, eher als auf Namen reagierten sie auf Rippenstöße, nickten dann blöde oder knurrten einsilbig, maulfaul waren die, aber trinkfest, das sage ich dir, trinkfest, das schon. Die meisten waren seltsame Spinner, sagte Rottmann, ein ganz Schlauer, keine Ahnung, wie er hieß und woher er kam, wollte sogar exotische Vögel züchten, bunte Papageien, Sittiche, sogar Kakadus, überall, Rottmanns Stock vollzog einen Halbkreis – Kramer dachte an Webervögel, musste lächeln, sagte aber nichts –, überall hat er Volièren gebaut, die Vögel aber gingen bald ein, angeblich wegen irgendeiner eingeschleppten Seuche, wahrscheinlich aber, weil die Senke fast immer im Schatten liegt und Exoten nun einmal die Sonne lieben. Komische Typen waren das, ihre Kinder aber, sagte Rottmann, wurden von uns Dorfkindern immer beneidet, in meiner Schulzeit war es, glaube ich, ein halbes Dutzend, vielleicht waren es auch sieben dürre und blasse Gestalten, richtige Hänflinge, aber wir haben sie trotzdem beneidet. Sie wohnten ja mitten im Wald, der in unseren Vorstellungen natürlich ein Zauberwald war, und sie mitten drin, immer im Wald, wie die Indianer dachten wir, und im Winter kamen sie oft zu spät zur Schule, eine Stunde, zwei Stunden, manchmal blieben sie sogar tagelang weg, weil der schmale Weg nicht begehbar war, denn damals hatten wir hier noch richtige Winter. Wenn der Sturm pfiff, eisig und immer aus dem Osten, und den Schnee von den Feldern über die Kuppe fegte, wurde der Zugang zur Stipendie oft unter riesigen Schneewehen begraben, da half kein Schneepflug und kein Traktor, die Leute hätten sich mit Schaufeln selbst einen Weg bahnen, sich selbst ausgraben müssen, aber das konnte bei denen natürlich dauern, die meisten, sagte er, hatten zwei linke Hände, zwei linke Hände, aber gewaltige Flausen im Kopf. Rottmann schwieg eine Weile, er schien jetzt seinen Erinnerungen nachzuhängen, dann huschte ein verträumtes Lächeln über sein

Gesicht, flüchtig nur, aber Kramer war es nicht entgangen, bisher hatte Rottmann noch nie gelächelt. Geborener Zuhörer, dachte er, klingt das nicht wie nützlicher Idiot? Ich muss jetzt wirklich los, sagte er. Wir gehen ja schon, wir gehen schon die ganze Zeit, sagte Rottmann keuchend. Sie waren nun auf dem steilsten Stück des Weges, und er war froh, seinen Stock zu haben. Zwei linke Hände aber lange Finger, sagte er, immer wenn im Dorf ein Huhn fehlte, oder wenn über Nacht ein Wäschestück von der Leine verschwunden war, immer hatte man die Leute aus der Stipendie in Verdacht und meist natürlich zu Recht, mal vermisste der Schmied ein Stück Blech, mal hatte sich in der Mosterei ein Kasten Obstwein über Nacht in Luft aufgelöst, die Stipendie, hieß es in meiner Jugend, ist unser Bermuda-Dreieck, was dort verschwindet, taucht nie wieder auf.
Rottmann war stehengeblieben, er rieb sich das rechte Knie, winkelte dann das Bein an und zog den Fuß mit der Hand nach oben, einen Moment stand er da wie ein Storch und schaute dann, als er wieder auf beiden Beinen stand, zurück in die Senke, andächtig fast. Über ihnen fielen die ersten spärlichen Sonnenstrahlen durchs dichte Geäst. Der schlechte Ruf der Stipendie änderte sich erst, als dieses schillernde Paar in eines der abgelegenen Häuser zog, rief er, den Kopf in den Nacken gelegt, Kramer nach, der inzwischen weitergegangen war und schon etwas höher stand. Ende der siebziger Jahre muss das gewesen

sein, sagte Rottmann und hatte Kramer nun wieder erreicht, ein denkwürdiges Ereignis im Nachhinein, aber damals war es zunächst nur ein Gerücht, das, dem Nebel der Senke entstiegen, sich wie ein Lauffeuer verbreitete, angefacht und geschürt von Leuten, die glaubhaft versicherten, Leute zu kennen, die ihrerseits die Neuankömmlinge mit eigenen Augen leibhaftig gesehen hatten und überdies einen dazugehörigen Hund. Nun wirst du mich sicher gleich fragen, was für ein Hund das war, sagte Rottmann, und da Kramer trotzig schwieg, sagte er es, ein Windhund nämlich, ein cremefarbener Afghane, um genau zu sein. Was die Leute sonst berichteten, war anfangs vage, aber gerade deshalb natürlich geeignet, die Phantasie im Dorf gehörig zu befeuern. Artisten hieß es zuerst, womöglich auch Sänger, oder warum nicht beides zugleich, bald machte das Wort Künstler die Runde, von den einen herablassend ausgesprochen, von anderen hochachtungsvoll, doch egal, man glaubte nun jedenfalls Bescheid zu wissen. Und eines Tages kamen sie dann, sie mussten den Umweg über die Forststraße und das Nachbardorf genommen haben, und als sie ihrem Lada-Geländewagen entstiegen, er, nun groß war er nicht gerade, die dunkle Sonnenbrille hatte er nach oben ins gegelte Haar geschoben, während sie, ich sehe es noch vor mir, ganz puppenhaft mit graziler Bewegung und einem in sich gekehrten Lächeln ihr langes schwarzes Glanzhaar hinters Ohr strich, ist es allen so vorgekommen, als seien, wie hießen sie doch gleich… Rottmann hielt inne, er schien zu überlegen, und dann, er schlug sich mit der Hand gegen die Stirn, war es ihm eingefallen … als seien Albano und Romina Power auf dem Dorfplatz gelandet. Ein Schlager-Duo also. Einmal in der Woche, sagte Rottmann, nehmen wir an, es war mittwochs, vielleicht aber auch donnerstags, kamen sie zum Einkaufen in den Dorfkonsum, entstiegen ihrem Geländewagen, er lässig, beinah schon arrogant, sie divenhaft, fast majestätisch, während der cremefarbene Afghane, der immer ein buntes Halstuch trug, aus dem Heck sprang und aufgeregt mit dem Schwanz wedelte, und die Frauen, die ihnen begegneten, anfangs noch eher zufällig, konnten sagen, dass sie dabei gewesen waren. Und natürlich sagten sie es auch, überall erzählten sie es herum, nicht nur auf der Straße, in der Schule war das Paar Pausengespräch, in der Kirche tuschelte man hinter vorgehaltener Hand, damit die Worte in der viel zu großen, fast leeren Kirche nicht hallten, denn in die Kirche ging damals kaum jemand, nicht so viele jedenfalls wie in die Weberei, wo die Neuigkeit gegen das Stampfen und Rasseln der Maschinen geschrien wurde, sagte Rottmann und war nun auch selbst lauter geworden. Aber was sind schon Berichte aus zweiter Hand, man musste sie mit eigenen Augen gesehen haben, Künstler immerhin, und plötzlich wurde jeder Mittwoch oder Donnerstag für den nächsten eigenen Einkauf unumgänglich. Auch für die Männer wurde es damals höchste Zeit und selbstverständlich, dass man als Mann seiner Frau bei den Einkäufen endlich einmal zur Hand ging, höflich waren sie nun auch, bitte nach Ihnen, sagten sie und ließen dem Paar den Vortritt, vor allem natürlich ihr. Wie du dir vielleicht denken kannst, waren die Rentner eindeutig im Vorteil, sagte Rottmann, denn wer konnte als Berufstätiger an einem Wochentag schon kurz nach Mittag seine Zeit im Dorfkonsum vertrödeln, man war schließlich kein Künstler! Den besten Posten aber hatten die Leute rund um den Dorfplatz, die konnten hinter ihren Gardinen bleiben und einfach abwarten, und einige haben sich dann auch gleich ein Sofakissen ins Fenster gelegt und es sich gemütlich gemacht wie zum 1. Mai, wenn der Demonstrationszug unter ihren Fenstern ... Marsch, Marsch, sagte Rottmann und stürmte nun wieder voraus. Man kannte also bald jeden Mittwoch oder Donnerstag den Speiseplan der Neuankömmlinge für die folgende Woche und staunte über die Unmengen an Wein, die da in die Sängerkehlen fließen mussten, wer wusste schon, was sonst noch hinter dem Hügel in der Stipendie passierte, ich sage nur Sodom und Gomorra. Aber wir hatten es ja schon immer geahnt, dass diese Künstler ein ganz besonderes Völkchen waren. Trotzdem, merkwürdig war es schon, zum Beispiel, dass die beiden so braun gebrannt waren, wie konnte man, überlegten die Leute, sich so braun brennen lassen auf der dunklen Lichtung hinter dem

Hügel. Wie hießen sie eigentlich? Eine gute Frage, aber herausgefunden war das schnell, man hatte ja Kontakte, ärgerlich war nur, dass sie bald darauf im Fernsehen unter anderen Namen ihre Lieder sangen, so, als wollten sie nichts mit sich zu tun haben und mit dem Dorf auch nichts. Aber ein Auftritt im Fernsehen, das war schon was, und irgendwie gehörten sie nun doch dazu, man konnte also stolz sein und sollte man nicht, vielleicht schon am nächsten Sonntag, mal wieder am Haus dieser Künstler in der Stipendie vorbeischlendern, rein zufällig natürlich oder unter Vortäuschung irgendwelcher Tätigkeiten, sagte Rottmann, manche suchten Pilze oder schleppten Feuerholz aus dem Wald, um sich so dem Künstlerhaus auch von hinten, wo es ja keinen Weg gab, zu nähern. Andere führten ihre Hunde aus und mussten nun am Gartenzaun verschnaufen, wo die Hunde aber sofort unruhig wurden und am Zaun hochsprangen oder vor dem Zaun hin und her jagten, wegen des cremefarbenen Afghanen versteht sich, während ihre Herrchen hofften, wenigstens durchs Fenster etwas von diesen Künstlern und ihrem verruchten Künstlerleben zu sehen, wenn auch nicht viel und nur verschämt aus den Augenwinkeln. Aber es gab auch die Gaffer, sagte Rottmann, die standen ganz ungeniert am Gartenzaun, als seien sie im Zoo. Du auch? Rottmann ignorierte die Frage. Dabei, sagte er, hatten diese Leute nicht einmal Gardinen. Der Gartenzaun sei auch so ein Ärgernis gewesen, weil

schon damals immer einige Latten herausgebrochen waren und sich natürlich keiner darum gekümmert habe. Nicht alle Latten am Zaun, aber ein Boot hinterm Haus, schimpfte er.
Sie hatten den Hang fast wieder erklommen, und Rottmann war etwas außer Atem. Dann aber reckte er, dessen Kopf eben noch zwischen dem hochgeklappten Kragen eingeklemmt war, wie zwischen Flügeln, dachte Kramer, plötzlich den Hals, als lausche er einem fernen Geräusch. Und auch Kramer schien etwas gehört zu haben, aber ganz in der Nähe, vielleicht sogar aus Rottmanns Mund. Summte er etwa ein Lied? Das Boot war zu viel, sagte Rottmann, das Boot brachte das Fass zum Überlaufen. Wir hatten uns an diese Künstler schon gewöhnt, obwohl sie als Künstler natürlich nie ganz dazugehörten, nie sind sie Teil von uns geworden, aber nun hatten sie auch noch eine Yacht, dazu kam, dass das mit dem Fernsehauftritt eine Ausnahme geblieben war, im Fernsehen waren sie nicht mehr zu sehen, sie sangen nur noch auf Volksfesten und Betriebsfeiern, sagte er, sie sangen auf jedem Obstbauball, jeder Kirmes und jedem Tanz in den Mai, in jedem Dorf der Umgebung standen sie auf der Bühne, und allmählich glaubten wir nicht mehr an ihre Berühmtheit, wegen der sie sich in die Abgeschiedenheit der Stipendie zurückgezogen hatten, wir wurden ihrer überdrüssig. Obwohl, sagte er erneut mit verträumtem Lächeln, die jungen Männer liebten sie wohl

noch immer. Natürlich nicht ihre Musik, die Musik war ihnen egal, aber wenn sie sich nun auch Sonnenbrillen kauften und mit feuchtgeschwitzten Händen lässig ins gegelte Haar steckten, wenn sie, angeblich um den Frauen des Dorfes zu gefallen, die Provinzgockel gaben oder bei der Kirmes den Lukas hauten, eigentlich wollten sie nur einer imponieren, nachts träumten sie allein von ihr, sagte Rottmann und tat, als habe er ihren Namen vergessen, träumten von Karina, Bianca, Ilona oder wie immer sie hieß. Ramona, sagte Kramer. Du kanntest sie also auch, sagte Rottmann, am Ende war sie also doch berühmt. Es steht auf dem Boot, sagte Kramer. Das Boot, ja, mit dem Boot haben sie es übertrieben, sagte Rottmann, nachts lagen sie jedenfalls in ihren Betten wach, all die Melker und Weber, die Traktoristen und die Schweinewirte, und wahrscheinlich auch ein paar Oberschüler stellten sich vor, wie die Feengleiche sich vielleicht in diesem Augenblick da draußen im Wald hinter dem Berg das lange dunkle Haar hinter die Ohren strich, mit diesem zauberhaften Lächeln, das allein ihnen gelten würde. An ihren Ohren übrigens hingen riesige Kroelen. Du meinst Kreolen? Kroelen, sag ich doch, sagte Rottmann, na jedenfalls diese gardinenringgroßen Ohrringe, diese Affenschaukeln. Aber egal, diese Ramona träumte wohl von etwas anderem, ich weiß nicht wovon, man weiß ja nie, wovon die Leute so träumen, aber irgendwann, nach einem Jahr vielleicht, war auch sie wieder weg, war,

so überraschend wie sie einst aufgetaucht war, plötzlich abgereist, das Boot ließ sie zurück, den Hund, sagte ich schon, dass es ein cremefarbener Afghane war?, nur den Hund und ihren Albano hat sie mitgenommen. In der Stipendie, sagte Rottmann, hält es eben keiner lange aus, Exoten schon gar nicht, egal ob mit oder ohne Flügel. Und der Konsum hat inzwischen auch zugemacht, das Haus steht zwar noch, nur eben leer.
Und was ist heute?, fragte Kramer, als sie das Schild erreicht hatten, das noch immer schief hing. Heute ist Sonnabend, den ganzen Tag schon, sagte Rottmann und grinste, aber wenn du die Schlagerfuzzis meinst, was weiß ich, die trällern ihre Lieder wahrscheinlich im Altersheim oder haben ihren zweiten Frühling, der Dorfkonsum aber, wie gesagt, ist längst geschlossen. Ich meine die Häuser, sagte Kramer, was wird aus den Häusern? Na, was wohl, sagte Rottmann und schlug mit seinem Stock gegen die Metallstange, als wolle er die jungen Männer von damals aus ihren Träumen reißen. Erst gab es einen dumpfen Klang, dann summte die Stange, das Schild zitterte. Jetzt stehen die Häuser leer und verfallen, das hast du doch gesehen, aber nicht mehr lange, sagte Rottmann, ich sage dir, da wird noch einiges kommen. Was denn?, fragte Kramer. Na, was wohl, es kommt, was kommen muss, irgendwann sollen hier wieder Fremde einziehen, Asylanten nämlich, Afghanen vielleicht, aber bestimmt keine cremefarbenen. Rott-

mann spuckte verächtlich auf die Erde. Auf Deutsch gesagt, Hottentotten, sagte er und versprühte dabei wieder etwas Speichel. Er wisse nicht wie viele, keiner wisse das, ganz sicher aber zu viele, und das werde man wohl noch sagen dürfen. Kramer wollte etwas erwidern, sagte dann aber nichts. Also wieder Exoten, wo es doch schon die letzten und vorletzten Exoten nicht lange in der Stipendie ausgehalten haben, aber, sagte Rottmann, ist der Ruf erst einmal ruiniert..., den Zaun jedenfalls werden die sicher nicht reparieren, und auch der Rest wird mehr und mehr verlottern und schließlich gänzlich verkommen. Im Nachbardorf habe man auch ein paar einquartieren wollen, in den Speisesaal einer ehemaligen Fabrik, aber vor ein paar Tagen sei diese Fabrik, eine Kammgarnspinnerei übrigens, samt Speisesaal abgebrannt, keiner wisse warum. Über Nacht habe alles in Flammen gestanden, den Feuerschein habe man von hier aus gesehen, da sei nichts mehr zu machen gewesen. Kramer sei doch mit dem Bus gekommen, da habe er die Brandstelle doch sehen müssen, bis gestern soll es, sagen einige, die es mit eigenen Augen gesehen hätten, aus den Trümmern noch gequalmt haben. Ja, sagte Kramer, das heißt nein, ich bin mit dem Bus gekommen, aber ich habe nichts gesehen, wahrscheinlich habe ich gerade geschlafen. Geschlafen, na ja, er schlafe im Bus auch immer ein, die alte Kammgarnspinnerei sei jedenfalls bis auf die Grundmauern abgebrannt, was kein Wunder sei, es gebe zwar auch dort einen Feuerlöschteich, aber der Feuerwehr fehle es inzwischen an Leuten, seit die Kammgarnspinnerei geschlossen sei, gebe es kaum noch junge Leute, und freiwillig mache sowieso keiner mehr was. Ist deine Tochter bei der Feuerwehr? Nein, sagte Kramer. Und dein Schwiegersohn? Nein, sagte Kramer. Na bitte, auch die Feuerwehr geht heutzutage den Bach runter! Wenn unsere Weberei noch stehen würde, kämen die Fremden vielleicht in unsere Weberei, überlegte Rottmann, mitten ins Dorf also, da ist es hier in der Stipendie schon besser, aber was ist in diesem Fall schon besser. Wo sollen sie denn hin?, fragte Kramer, dessen Verlegenheit langsam in Unbehagen umschlug. Irgendwo müssen sie hin, sie sind nun einmal da, und wo sie herkommen, ist Krieg, sagte er und bemerkte sofort, wie hilflos sein Einwand war. Rottmann wusste auch nicht, wohin sie sollen, suchte aber nach einer Antwort. Krieg, immer sei irgendwo Krieg, damit brauche ihm keiner kommen, er wisse noch genau, was Krieg sei. Noch sind sie nicht da, sie sollen erst noch kommen, aber nun, ich würde, also wenn es nach mir ginge, stammelte er und sagte dann doch nicht, was er würde, wahrscheinlich ging es ohnehin nicht nach ihm, und er wusste nicht, was er tun würde oder wollte es nicht sagen. Immerhin, fiel ihm dann ein, gebe es die Baracke noch, er müsse sich darüber eigentlich nicht den Kopf zerbrechen, aber die Baracke müsse man in Betracht ziehen, dort blättere nur die Farbe ab, aber das Dach sei noch in Ordnung, natürlich, die Baracke stünde auch mitten im Dorf, was ein Nachteil sei, aber die da oben hätten sich ohnehin schon für die Stipendie entschieden, obwohl sie die Stipendie gar nicht kennen würden. Angeblich, sagte Rottmann, kam nur die Stipendie in Frage, wenn man bedenkt, was aus der Stipendie werden könnte, aber ausgerechnet in die kleinen Häuser in der Stipendie wollen sie die Flüchtlinge hineinstopfen, natürlich über unsere Köpfe hinweg, alles ist schon eingefädelt, wie sie auch unsere volkseigene Gurtweberei über unsere Köpfe hinweg erst geschlossen und dann abgerissen haben. Irgendwann werden die Leute also wieder in die Stipendie gehen, um sich die Neger in den Waldwärterhäusern anzusehen wie die Tiere im Zoo, sagte Rottmann und zeigte plötzlich mit dem Stock zum Himmel. Die Krähen werden auch immer mehr zur Plage, früher hatten wir hier nicht so viele Krähen, manche Arten sollen jetzt schon unter Naturschutz stehen, diese Umweltschützer sind doch verrückt! Na egal, ich gehe nur noch selten in die Stipendie, eigentlich gar nicht mehr, du weißt ja, mein Knie, außerdem habe ich in meinem Leben genug gesehen, da muss ich mir das nicht auch noch angucken und wenn doch, werde ich natürlich nicht allein gehen, meine Wohnung werde ich auch immer ordentlich abschließen müssen, man kann nie wissen. Früher, sagte er, konnten wir unsere Häuser immer offen stehen lassen, solange die Stipendie unbewohnt war, wäre keiner auf den Gedanken gekommen, sein Haus abzuschließen, früher waren wir hier eine Gemeinschaft, und jeder konnte sich auf den anderen verlassen. In diesem Augenblick fiel Kramer der Schlüssel ein, den seine Tochter ihm gestern gegeben hatte, erschrocken kramte er in den Taschen seiner Hose, wo er den Schlüssel dann auch fand. Da ist er, sagte er erleichtert, während Rottmann durch den Schlüssel auf einen anderen Gedanken gekommen zu sein schien. Die Freudenbergsche Villa, rief er und fasste sich, als sie das Haus von Kramers Tochter schon sehen konnten, an die Stirn, wohl um zu zeigen, dass er die ganze Zeit nachgedacht hatte, dass es ihm schon lange auf der Zunge gelegen, aber erst jetzt plötzlich eingefallen war. Die Freudenbergsche Villa also, wo der Freudenberg mit seiner Frau und den sechs Kindern, bevor sie alle acht wie die Orgelpfeifen im Himmel eines seiner Webstühle hingen, in wer weiß wie vielen Zimmern gewohnt hatte, mit dem dazugehörigen Personal, sagte Rottmann und winkte Kramer näher an sich heran, während Kramer, sein Ziel schon im Blick, nun schneller ging und entschlossen war, sich nicht noch einmal von den acht Leichen aufhalten zu lassen. Die Freudenbergsche Villa jedenfalls sei ein Kapitel für sich, mit all ihren Nebengebäuden, den Remisen und Stallungen für die Pferde habe sie inmitten eines Parks gestanden, neben dem dazugehörigen Teich, auf dem, wie Rottmanns Mutter erzählt habe, immer zwei Schwäne lautlos aber majestätisch dahingeschwommen seien, er, Rottmann, habe die Schwäne nie gesehen, vielleicht weil es im Krieg keine Schwäne mehr gegeben habe oder wegen der Mauer, die den ganzen Park umschlossen habe und deren Krone mit Scherben gespickt gewesen sei. Die Freudenbergsche Villa habe nach dem damaligen Unglück jahrelang hinter der Mauer leer gestanden und sei natürlich auch immer mehr verfallen. Jetzt sei sie aber wieder saniert, sie glänze wie in alten Zeiten, vielleicht sogar, weil alles neu geweißt sei, etwas protziger und werde von einem Rechtsanwalt aus dem Westen bewohnt, der zwar kinderlos sei, für die Flüchtlinge sei in der Freudenbergschen Villa aber trotzdem kein Platz mehr, und unter uns, er, Rottmann, wisse nicht, was nun besser sei, die Flüchtlinge oder der Rechtsanwalt aus dem Westen, aber auf jeden Fall müsse er Kramer die Freudenbergsche Villa noch zeigen. Vielleicht ein anderes Mal, sagte Kramer schnell und ließ Rottmann einfach stehen, er drehte sich auch nicht um, als der ihm nachrief, dass man sich sicher noch einmal über den Weg laufen werde, und konnte so nicht sehen, wie Rottmann seinen Kragen wieder nach unten klappte, an seiner Jacke zupfte und dann, die Arme leicht vom Körper abgewinkelt, in der Sonne stand wie ein Vogel, der sein Gefieder trocknet.

4

Du darfst dich jetzt auf keinen Fall umdrehen, dachte Kramer und tat es dann doch. Und obwohl er die Straße gut einsehen konnte, war Rottmann schon verschwunden. Vielleicht entflogen, dachte er. Gleich darauf stand er wieder vor dem Haus seiner Tochter, und als er Hans-Günthers Auto in der Sonne glänzen sah, war auch die Frage der letzten Nacht wieder da: Sollte er nach dem Frühstück abreisen oder nicht? Und wollte sich nun schnell ein paar Sätze zurechtlegen, eine hübsche Ausrede zusammenbasteln. Die Bibliothek war wegen des bevorstehenden Umzugs geschlossen, und ohnehin war ein Anruf seines Chefs am Wochenende eher unwahrscheinlich. Und hatte er es nicht schon oft, gerade Tine gegenüber, als Vorteil seiner Anstellung gepriesen, nach Feierabend nicht mehr belästigt zu werden? Auch sonst hatte er niemanden, für den er sorgen musste, keiner wartete auf ihn, ihm fiel einfach keine passende Ausrede ein. Er würde also, wenn er ein Zerwürfnis vermeiden wollte, bleiben müssen. Er ärgerte sich über sein Harmoniebedürfnis, das ihn schon Rottmanns Suaden ohne Widerspruch hatte ertragen lassen und das vielleicht doch nur Trägheit war. Du bleibst also, aber nur, weil deine Rückfahrkarte zuggebunden ist, versuchte er sich vor sich selbst zu rechtfertigen.

Er sah auf das Haus und bemerkte, dass die Eingangstür nur angelehnt war. Anscheinend, dachte er, hatte Tine sich nicht mehr daran erinnert, dass sie ihm gestern einen Schlüssel gegeben hatte, vielleicht ist es aber auch nur wegen der Katze, etwas leichtsinnig ist das trotzdem, denn wenn in der Stipendie wirklich, wie Rottmann behauptet hatte, zwielichtige Elemente... Hinter der Gardine eines der Fenster im Obergeschoss bewegte sich jetzt ein Schatten, er konnte nicht erkennen, ob es Tine oder Hans-Günther war. Sie beobachten mich, dachte er und ließ sich dennoch Zeit. Das Haus, das er gestern gewöhnlich genannt hatte, kam ihm jetzt eigenartig vor, er wusste nicht warum. Besonders die Stille war ihm unheimlich. Und merkwürdigerweise erschien ihm nun, da er das Innere kannte, das Äußere in gewisser Weise befremdlich, so wie ihm auch in der Bibliothek bei manchen Büchern, für deren Ankauf er zuständig war, die Einbände abschreckten und in ihrer Schäbigkeit oder Geschmacklosigkeit dem Inhalt Hohn sprachen, obwohl es, wie Kramer sich sagte, doch viel häufiger die Bücher waren, die sich ihren Klappentexten nicht gewachsen zeigten. Das Dach des Hauses war viel zu flach und hatte etwas Bedrückendes, beinah Barackenartiges, wenigstens die Fensterläden fand er jetzt hübsch. Sollte er seinem Chef, dem er von seinen Wochenendplänen erzählt hatte und der am Montag sicher danach fragen würde, wirklich sagen, dass das Haus seiner Tochter schöne Fensterläden hat? Oder dass Hans-Günther, seit er aufs Land gezogen war, eine dieser riesigen Protzkarren mit Allradantrieb fuhr? Unterhalb des Giebels klebten die Reste alter Schwalbennester, und eine Taube versuchte gerade auf einem schmalen Sims Halt zu finden, wild schlug sie mit den Flügel, er hörte das Schleifen der Federn auf dem Putz, das Kratzen ihrer Krallen auf dem Blech, immer wieder versuchte das Tier auf der schmalen Kante Fuß zu fassen, doch vergeblich, endlich ließ es sich fallen und segelte knapp über seinem Kopf davon. Schade, dass die Schwalben schon fort sind, dachte er. Erst jetzt hörte er das Krakeelen der Vögel, Spatzen vielleicht oder Meisen, es kam aus den Büschen neben dem Haus, doch anders als beim Gezänk der Spatzen an der Brachfläche im Dorf schien das jubilierende Gezwitscher hier aus purer Lebensfreude zu erklingen und einer Melodie zu folgen. Kramer konnte sich täuschen, und doch, er glaubte in dem Chaos eine Melodie zu erkennen, als seien die Vögel jetzt im Frühherbst noch einmal in der Balz. Immerhin, es gibt also noch Vögel, dachte er erleichtert und erschrak zugleich über diesen Gedanken. Die Ligustersträucher, aus denen das Geräusch kam, mussten schon vor vielen Jahren noch von den Vorbesitzern gepflanzt worden sein, dachte er, ein Dickicht im Schatten der Hauswand, das nur einen schmalen Weg freigab, der an manchen Stellen vom Knöterich zu einem Tunnel überwuchert und nur mit gesenktem Kopf zu begehen war. Im dichten

Laub waren die Vögel selbst aus der Nähe nicht zu erkennen, ihr Gezwitscher aber klang nun, da er sich ihm näherte, verändert, panisch, es war zu einem ohrenbetäubenden Lärm angeschwollen und dann, ganz nah neben Kramers Kopf, explodierte das Gebüsch und kreischend stiebten die Vögel auseinander.

Hinter den Sträuchern öffnete sich der Garten, Tines ganzer Stolz, obwohl auch dieser Garten eine Hinterlassenschaft der ehemaligen Besitzer sein musste. An den alten Obstbäumen war das sofort ersichtlich, und auch die Beete schienen Kramer nicht die Handschrift seiner Tochter zu tragen. Ihre Umrisse wurden von senkrecht in den Boden eingelassenen Gehwegplatten derart akkurat markiert, dass sie ihn eher an die Grabrabatten eines Friedhofs oder die Strenge eines Klostergartens erinnerten, und tatsächlich umschloss eine hüfthohe Buchsbaumhecke, sorgsam zu einer Art Mäuerchen gestutzt und gerade von der Katze durchstrolcht, jenes Geviert, in dem sich der Komposthaufen erhob. War es möglich, dass Tine jeden Abend Muster in den Gehweg harkte? Ich wusste gar nicht, dass du einen grünen Daumen hast, versuchte Kramer seine Verwunderung mit einem Scherz zu verbergen, als er Tine zwischen den Beeten sah, wo sie mit kindlichem Eifer Erde in kleine Blumentöpfe füllte, ebenso gewissenhaft wie verspielt. Seine Tochter richtete sich auf, an ihren grünen Arbeitshandschuhen klebte Erde, und als sie sich, Luft aus den gespitzten Lippen blasend, mit dem Handrücken eine Haarsträhne aus der Stirn strich, blieb eine Spur davon auf der Haut zurück. Hilfe, mir wird schwarz vor Augen, stöhnte sie gespielt, Gartenarbeit auf nüchternen Magen ist nicht gerade das Gelbe vom Ei, aber du kannst ja auf deinen blauen Dunst nicht verzichten. Er habe, nahm Kramer den Ball auf, nicht geahnt, dass das Rauchen noch immer ein rotes Tuch für sie sei. Jetzt brühe ich dir einen Braunen, sagte sie lachend und zog sich die grünen Handschuhe aus. Kramer erwiderte, er trinke seinen Kaffee lieber schwarz. Schon als Tine noch ein Kind war, hatte Kramer sie zuweilen mit ähnlichen Dialogen bei Laune gehalten, zum Ärger von Gabriele, die solche Albernheiten missbilligte und ihnen einen Vogel zeigte, was die beiden aber noch mehr angestachelt hatte, und auch jetzt machte es ihnen Spaß, die Blödelei zeigte Wirkung, und Tine schien bester Stimmung.

Hans-Günther sitzt schon seit einer Stunde am Schreibtisch und arbeitet, sagte Tine, als sie versuchte, sich an der Tür zum Wohnzimmer die dreckverkrusteten Stiefel abzustreifen. Kramer glaubte ihr die Beiläufigkeit dieser Bemerkung nicht, sollte es aber doch ein Vorwurf wegen seines morgendlichen Verschwindens gewesen sein, dann war er lächerlich und anmaßend zugleich. Eine Klage über Hans-Günther war es jedenfalls nicht, denn es schien Tine nicht zu stören, dass ihr Mann schon wieder am Schreibtisch saß, im Gegenteil, das sei, betonte sie, eben der Vorteil seiner Branche, dass man auch von zu Hause aus arbeiten könne. Aber es ist Wochenende, sagte Kramer, als müsse er seinen morgendlichen Ausflug nun doch rechtfertigen, worauf Tine ihm seine überholten Ansichten vorwarf, wenn auch mit einer gewissen Nachsicht, die man Älteren gegenüber aufbringt und die ihren Vater erst recht ärgerte. Seine Ansichten seien manchmal so verstaubt wie die Bücher seiner Bibliothek. Sie sprach von der Zukunft der Arbeitswelt, die in Hans-Günthers Branche eben schon Gegenwart sei. Aber jetzt wird abgestaubt, jetzt ziehen wir um, hätte Kramer, der an diesem Morgen von Rottmann schon viel über die Vergangenheit gehört hatte und nun also von seiner Tochter auch über die Zukunft ins Bild gesetzt wurde, am liebsten gesagt, doch ein leichter Hustenanfall hinderte ihn. So, so, die Zukunft, höhnte er nur, sich noch immer räuspernd. Tine stand jetzt dicht neben ihm, mit dem einen Bein noch im Stiefel, während der andere Fuß schon nach dem Hausschuh angelte, sie kam aus dem Gleichgewicht, versuchte mit dem noch im Stiefel steckenden Fuß ein wenig hin und her zu rücken, ruderte, als balanciere sie, mit den Armen, Kramer kam es theatralisch vor, und auch als sie, um Halt zu finden, erst nach seiner Schulter griff, ihm dann aber um den Hals fiel und ihr ganzes Gewicht an ihn hängte, kam ihm das übertrieben vor. Die Zukunft kann warten, dein Hans-Günther braucht jetzt sicher eine Pause, sagte er aus der Umarmung heraus,

verkniff sich aber die Frage, ob Pausen in Hans-Günthers Branche überhaupt noch üblich seien, auch wagte er nicht, sich von ihr zu lösen und wartete, bis Tine ihn endlich freigab. Dann wischte er ihr den Rest Erde von der Stirn, behutsam, wenn auch nicht mit einem von Speichel benetzten Taschentuch, wie es sein Vater früher bei ihm gemacht hatte.
Den Tee, sagte Tine beim Frühstück, werde sie mit Kräutern aus ihrem Garten bald selbst herstellen und zählte dann auf, was ihrer Meinung nach in einen richtigen Kräutertee gehöre. Kramer nickte anerkennend und stellte seine Tasse ab. Nichts geht über einen richtigen Kaffee, sagte er. Hans-Günther, der, nachdem er zum Frühstück gerufen worden war, noch eine Weile auf sich hatte warten lassen, rührte mit dem Löffel in seiner Tasse, er war mit seinen Gedanken woanders und hätte, wäre er gefragt worden, vermutlich nicht gewusst, ob er gerade Tee oder Kaffee trank. Dann nahm er sein Frühstücksei und klopfte, indem er das Ei mehrmals umständlich nach allen Seiten wendete, die Schale auf. Probleme?, fragte Kramer und köpfte sein Ei mit einem heftigen Messerhieb. Sein Ei sei viel zu hart, sagte Hans-Günther und fragte Tine, warum sie nicht die Eierkoch-App verwendet habe, er habe sie ihr doch schon vor Wochen auf ihr Smartphone geladen. Er steckt mitten in einem großen Projekt, entschuldigte Tine ihn, aber das wird schon. Die Branche sei ein Haifischbecken. Kramer schaute Hans-Günther

an und gleichzeitig an Hans-Günther, der mit dem Rücken zum Fenster saß, vorbei, in den Garten, wo die Taube nun auf einem bizarr abgespreizten Ast eines abgestorbenen Pflaumenbaumes saß. Erst sah er nur die Taube und den Baum, von dessen Stamm sich die Rinde in langen Streifen löste, und fragte sich, ob die Taube nicht eher stand, denn dass eine Taube sitze, schien ihm plötzlich absurd, dann aber, sich auf seinem Stuhl noch ein Stück zurückbeugend, sah er ganz deutlich einen Mann, der weiter hinten, dort, wo der Garten an das Feld grenzte, durchs Bild lief, wohl wegen der Ackerfurchen mit großen, hüpfenden Schritten und auf Hans-Günthers Kopf zu, auf sein Ohr, womöglich war es Rottmann. Jetzt siehst du schon den Rottmann, dachte Kramer, während Hans-Günther kurz inne hielt und sich am Ohr kratzte, dann klopfte er mit dem Ehering drei Mal gegen den Tassenrand, sagte aber nichts, nur ein leichtes Zucken lief, vom Mundwinkel ausgehend, über sein Gesicht. Wie er sein Brot bestreicht!, dachte Kramer und musste immer wieder hinschauen, wie Hans-Günther, das Messer in gleichmäßiger Bewegung hin und her ziehend, die Butter auf dem Brot verteilte, so lange, bis sie auch wirklich an jeder Stelle die gleiche Stärke erreicht hatte, und wie er auch dann noch eine Weile gedankenverloren das Messer auf der Scheibe von Rand zu Rand gleiten ließ. Das Projekt sei wirklich groß, vielleicht zu groß für ihn, aber er wolle ihn nicht mit Details langweilen, und wenn Tine sage, es werde schon, dann werde es schon. Kramer nickte, auch wenn er die Befürchtung hatte, dass Hans-Günther, so wie er jetzt auf sein sorgfältig geschmiertes Butterbrot schaute und nicht zu wissen schien, mit was er es belegen sollte, im Haifischbecken der Branche eher der Karpfen sein könnte. Er fragte möglichst beiläufig, ob es zum Feld hin einen Zaun gebe, er habe heute morgen auf dem Feld Rehe gesehen, sicher gebe es auch Wildschweine, es wäre doch schade um den schönen Garten, und in der Zeitung lese man in letzter Zeit sogar vermehrt vom Wiederauftauchen des Wolfes. Kramer bereute seine Frage sofort, denn Tine und Hans-Günther hielten augenblicklich inne und sahen einander in einer Art und Weise an, die vermuten ließ, dass die Notwendigkeit eines Zaunes oder das Wiederauftauchen des Wolfes ein nur mühsam unterdrücktes Streitthema zwischen ihnen war. Kramer versuchte die bedrohliche Situation zu entschärfen. Es gebe sehr schöne Zäune, die trotzdem durchaus wirkungsvoll seien, und was den Wolf betreffe, er sei ein äußerst scheues Tier und meide menschliche Siedlungen, zumindest nach allem, was er über ihn in der Zeitung gelesen habe. Hahaha, dass ich nicht lache, du glaubst also wirklich noch, was heutzutage in der Zeitung steht? Hans-Günther stand auf, ich muss dann mal wieder, sagte er und es klang, als betrachte er Kramer als einen hoffnungslosen Fall. Dessen Tochter aber konnte sich gar nicht beruhigen, sie lese schon lange keine Zeitung mehr, denn was diese Journalisten in ihrer Arroganz zusammenschrieben, sei entweder Verharmlosung oder aber Panikmache, auf jeden Fall sei es nicht die Wahrheit. Wenn man der Zeitung glaube, dann sei der Wolf ein Lamm, und hier im Dorf wimmele es nur so von frustrierten alten Männern und jungen Rechtsradikalen, aber gesehen habe sie von den Herren Journalisten hier noch keinen, vielleicht schickten sie einen Volontär, und wenn sie doch kämen, dann hätten sie ihren Artikel meist schon fertig im Kopf und würden nur sehen, was dem fertigen Artikel entspräche oder sie bereits in anderen Zeitungen gelesen hätten, sei es völlig gleichgültig, was man ihnen erzähle, die drehten einem das Wort im Munde um oder dächten sich etwas aus, Schmierfinken seien das, sonst nichts. Verärgert schob Tine ihre Tasse von sich, etwas Flüssigkeit schwappte über den Rand. Scheiße!, rief sie. Sie kann fluchen wie ihr Großvater, dachte Kramer, der sich nicht sicher war, ob ihr Ärger auch ihm galt oder nur den Journalisten. Ist was mit dem Tee?, fragte er, und war froh, dass sie seinen Spott nicht bemerkte. Übrigens, falls es ihn beruhige, natürlich gäbe es einen Zaun zum Feld hin, sagte sie, ob er schön sei, wisse sie nicht, das sei ihr auch egal, er sei auch nicht wegen der scheuen Wölfe da, sondern wegen der gefräßigen Rehe und Hasen. Sie war erregt, und noch während sie sprach, hatte sie begonnen, den Tisch abzuräumen. Kramer bemerkte, wie grob und hastig sie die Messer und Löffel in den Besteckkorb der Maschine rasseln ließ. Auch das Geschirr, einst der Stolz seiner Eltern und wegen des empfindlichen Goldrandes höchstens an Feiertagen oder zu Familienfeiern verwendet, verschwand klirrend in der Spülmaschine. Kramer erinnerte sich, wie sorgsam die Mutter Papierservietten zwischen die einzelnen Teller gelegt hatte, wenn sie das Service in die Anrichte stapelte. Er hatte sich damals darüber lustig gemacht und das Geschirr nach ihrem Tod nicht haben wollen, doch jetzt schmerzte ihn Tines bedenkenloser Umgang mit dem feinen Porzellan. Zum Einzugreifen war es zu spät, und es war wohl eher Verlegenheit, als er, weil nichts anderes mehr auf dem Tisch stand, den Salzstreuer zum Wandregal trug und das Foto bemerkte, das direkt über der Spüle an ein Brett gepinnt war. Eine kleines Bild, das ihn verwunderte, doch er ließ sich nichts anmerken. Wie jung er auf dem Foto war! Tine mochte vielleicht ein Jahr sein, er hielt sie im Arm und schaute sie an, ihre winzige Hand umklammerte seinen kleinen Finger. Kramer kannte das Bild nicht, erinnerte sich aber an die Farbe von Tines Jäckchen, die man auf der Schwarzweißfotografie nicht erkannte, lindgrün, das Jäckchen war lindgrün, dachte er und versuchte sich zu erinnern, an den Ort, an dem das Foto gemacht worden sein konnte, es fiel ihm aber nicht ein. Gabriele, so vermutete er, musste Tine das Foto irgendwann gegeben haben, vielleicht wollte sie selbst keine Fotos von ihm im Haus, aber dass seine Tochter das Foto an einer Stelle angebracht hatte, wo sie es jeden Tag mehrmals vor Augen haben musste, freute ihn. Er hatte das Bedürfnis, sie in die Arme zu nehmen, überwand seine Scheu und tat es einfach, er nahm sie in die Arme, sagte dabei kein Wort und war froh, dass auch sie schwieg. Eine Weile standen sie so, dann wand Tine sich aus der Umarmung und schob ihn sanft von sich. Gib mir zehn Minuten, sagte sie und ging, ohne ihn noch einmal anzusehen, aus der Küche.

Zehn Minuten hatte sie gesagt, aber soweit immerhin kannte Kramer seine Tochter, um zu wissen, dass es länger dauern und er nun für mindestens eine halbe Stunde allein sein würde. Er griff nach einer der herumliegenden Zeitschriften, legte das bunte Heft mit dem Titel *Landlust* zurück, ohne darin zu blättern. Er sah sich noch einmal das Foto über der Spüle an, es zeigte nichts Außergewöhnliches, ihn und sein Kind, es mochte Dutzende ähnliche Bilder geben, der Hintergrund war unscharf, er erinnerte sich nicht, wo es entstanden war. Er selbst besaß kaum Fotos aus jener Zeit, Gabriele hatte nach der Trennung die meisten behalten, und wenn er ehrlich war, er hatte sie all die Jahre nicht vermisst. Er hatte geglaubt, alles, was es wert war, die Zeit zu überdauern, würde er im Kopf behalten. Jedenfalls hatte er das immer behauptet, wenn die Kollegen in der Bibliothek die Fotos ihrer Kinder oder Enkel aus den Brieftaschen zogen und stolz herumzeigten. Er hatte sich solchen Ritualen immer entzogen, etwas zu hochmütig vielleicht, aber seit es Smartphones gab und das Bilderzeigen inflationär wurde, hatte sich sein demonstratives Desinteresse bis zur offenen Ablehnung gesteigert. Von Gabriele gab es ohnehin kaum Bilder, sie hasste es, fotografiert zu werden. Auf den wenigen Fotos, die er von ihr gemacht hatte, war ihr Gesicht kaum zu erkennen, immer hatte sie sich im letzten Moment abgewendet oder die Hand vors Gesicht gehalten. Ganz anders sein Vater, der eigentlich ein scheuer Mensch gewesen war, sich aber auf jedem Bild inszeniert hatte. Auf einem Klassenfoto lag er quer vor den Füßen seiner Kameraden, immer musste er auffallen; wenn andere ernst blickten, schnitt er eine Grimasse, und immer diese albernen Posen mit dem nach oben gereckten Daumen, den zum V gespreizten Fingern. Kramer war das immer peinlich gewesen, einen immerwährenden Gesichtsfasching hatte er das genannt, eine mimische Dauererektion. Wäre sein Vater nicht gestorben, würde er heute sicher Selfies machen. Er sah wieder auf sein eigenes Bild, das ihm seltsam fremd erschien, und fragte sich, ob es hier im Haus eher zu den alten Möbeln und dem übrig gebliebenen Geschirr seiner Eltern passte oder zu Tines und Hans-Günthers Gerede von der Zukunft. An vieles im Leben seiner Eltern erinnerte er sich mit einem ähnlichen Befremden, das er auch gegenüber dem Leben seiner Tochter und ihres Mannes empfand, und er hatte das Gefühl, dass er sich,

der eigentlich das Bindeglied zwischen den Generationen hätte sein müssen, zwischen ihnen manchmal verloren fühlte.
Als er aus dem Wohnzimmer in den Garten trat, bemerkte er wieder die Taube, sie war ein Stück näher gerückt und saß nun wie geduckt auf einer rostigen Stange, die einmal ein Stromkabel getragen hatte, aus den Isolatoren ragten noch die Reste des Drahtes, gerade lang genug, um Kramer an ein Bild aus seiner Kindheit zu erinnern, jenes der Überlandleitungen, auf denen sich im Herbst die Zugvögel in langen sanft geschwungenen Reihen gesammelt hatten, Stare meist oder Schwalben. Manchmal kam von diesen Leitungen auch ein flirrendes Summen, jetzt hörte er das dumpfe kehlige Gurren der Taube, und als sie sich plötzlich reckte und ihren Kopf wand, schillerten die Federn am Hals des Vogels wie der Pullover, den Tine gestern getragen hatte. Schön, hätte er noch vor kurzem gedacht, nun war sein erster Gedanke, schön, dass ich das Schillern ohne Brille noch erkenne. Im Obergeschoss stand das Fenster von Hans-Günthers Arbeitszimmer offen. Musik war zu hören, das dumpfe Dröhnen und Wummern der Bässe, dann Tines Stimme, doch obwohl sie sehr laut sprach, gegen die Musik anschrie, verstand er nicht, was sie sagte. Etwas, so musste man ihr Gezeter wohl deuten, schien ihr zu missfallen. Trotz des Kraches kam es Kramer vor, als belausche er die beiden bei einer Intimität, vielleicht ging es aber auch um ihn. Dann

schlug die Tür ins Schloss, und auch die Musik verstummte. Vielleicht die Zugluft, redete er sich ein, obwohl hier draußen kein Wind zu spüren war. Er starrte auf die Taube, als könne ihr Anblick ihn beruhigen. Er bemerkte den Zaun, der neu war, ein grüner Maschendraht, dessen Höhe ihm übertrieben schien. Ein seltsames Knistern war zu hören, es erinnerte an Hochspannungsleitungen, und Kramer fragte sich, ob der Drahtzaun geladen sein könnte, dann entdeckte er den kleinen Vogel, einen Hausrotschwanz, der auf dem Zaun saß und dessen Stimme das leise Knacken erzeugte. Schnell und ruckartig wippte er dabei mit dem Schwanz, während sein Körper unentwegt knickste, als sei der kleine Vogel nervös. Vor dem Haus wurde ein Auto angelassen, der Fahrer ließ den Motor einige Male aufheulen, dann fuhr er davon, vielleicht war es Hans-Günther. Kramer dachte an Gabriele, sie war nie laut geworden, und wenn sie ihm für etwas die Schuld gab, hatte sie ihn mit eisigem Schweigen gestraft, das auch noch eine Weile andauerte, nachdem er seine Schuld ihr gegenüber längst eingestanden und Besserung gelobt hatte. Er hatte schon lange nicht mehr so oft an Gabriele gedacht wie hier bei seiner Tochter, aber ihm war aufgefallen, dass er in letzter Zeit ohnehin viel öfter an die Vergangenheit dachte als an die Zukunft. Und plötzlich fiel ihm dann ein, wie das Foto aus der Küche entstanden sein konnte. Es musste an dem Tag gewesen sein, als Gabriele ihn zum ersten Mal verlassen hatte, wenn auch nur für ein paar Tage. Gabriele hatte schon bald nach Tines Geburt oft davon gesprochen, sich nun endlich selbst verwirklichen zu wollen, wusste aber nicht wie. Er hatte sie verstanden, damals hatte er manchmal sogar geglaubt, sie besser zu verstehen, als sie sich selbst verstand. Es war ein törichter Glaube gewesen, ein überheblicher Glaube. Gabriele wollte nachdenken, allein, sie hatte sich eine Auszeit erbeten und war mit einer Freundin, die sie bei ihrer Selbstverwirklichung im Gegensatz zu ihm und dem Kind nicht zu stören schien, für ein paar Tage verreist, beim Abschied musste die Freundin das Foto gemacht haben, möglicherweise hatte er es gar nicht bemerkt. Das erste Mal war er dann mit Tine längere Zeit allein gewesen, und er hatte sich in diesen Tagen immer wieder vorgestellt, wie es wäre, wenn Gabriele nicht zurückkommen und er mit dem Kind alleine bleiben würde. Der Gedanke an einen Unfall war dabei stärker gewesen als die Vorstellung, Gabriele könne ihn verlassen. Jedes Mal, wenn es an der Wohnungstür klingelte, hatte er geglaubt, es müsse die Polizei sein, die ihm die Nachricht von ihrem Tod überbringe. In seiner Vorstellung hatte er diese Nachricht ruhig und gefasst aufgenommen, er sah sich in der Tür stehen, auf dem Arm das Kind, das sich ängstlich an ihn schmiegt wie auf dem Foto in der Küche und dessen Anblick die Beamten nicht aushalten, wie sie dann betreten schweigen und sich abwenden. Und er, vom Schicksal geschlagen, von allen bemitleidet, fand sich in einer Rolle, in der er sich gefiel, zumindest in Gedanken. Er hatte damals oft das Gefühl, als nehme er an seinem Leben überhaupt nicht teil, er sei nur eine Art Zuschauer, dem ein Leben zur nüchternen Begutachtung vorgespielt werde. Erstaunlich emotionslos hatte er seinem eigenen Handeln als dem eines Fremden zugesehen. Das alles war ihm jetzt peinlich, und als er wieder die Taube bemerkte, stieß er mit dem Fuß gegen die Stange, als müsse er sich eines lästigen Zeugen seiner Gedanken entledigen. Der Tritt erschütterte den Mast, sein Vibrieren ließ die Spitze erzittern und verjagte das Tier. Das dumpfe Surren des Metalls hallte noch nach, als das Fauchen der Flügelschläge längst verstummt war. Nachdem sie das Haus umrundet hatte, ließ sich die Taube wieder auf dem Pflaumenbaum nieder, trippelte ein Stück seitwärts über den dürren Ast, ordnete ihr Gefieder und stand dann hoch aufgerichtet, den Hals gestreckt, ihren Kopf mit ruckartigen Bewegungen wendend, als wolle sie ihr Territorium inspizieren. Die Katze war inzwischen ins Wohnzimmer geschlichen und aufs Fensterbrett gesprungen, nun saß sie mit aufgestellten Ohren reglos und starrte die Taube an, hinter der Scheibe zum Sprung bereit. Gabrieles Freundin, fiel Kramer ein, war zwei Jahre später, gleich nach dem Mauerfall, tatsächlich verschwunden, nach Indien in einen Aschram, wenn er sich richtig erinnerte, Gabriele war deswegen verärgert gewesen und hatte sie für verrückt erklärt.

Sie hatte das Verschwinden der Freundin als Verrat empfunden, weniger an ihr als an der gemeinsamen Sache, denn in den Monaten davor hatte sie ein neues Betätigungsfeld gefunden und sich mit Verbissenheit auf die Aufgabe gestürzt.

Es hatte mehr als eine halbe Stunde gedauert, bis Tine wieder auftauchte. Und wie! Alles an ihr schien beweisen zu wollen, dass Kramer keine Minute zu lange gewartet hatte. Das hübsche Kleid, das dezent geschminkte Gesicht, die Sonnenbrille lässig ins Haar gesteckt, die schmalen Riemchen der Sandalen, farblich abgestimmt mit dem Lack der Zehennägel, glitzerten silbern, kurz, Tine war ausgehfertig. Nur ihre geröteten Augen verrieten trotz der geschickt getuschten Wimpern, dass sie geweint hatte, das Lächeln wirkte wohl deshalb etwas verlegen. Er wollte sie darauf ansprechen, tat es dann aber doch nicht. Du willst dir sicher das Dorf ansehen, sagte sie, ich habe mir das Wochenende extra frei genommen. Du willst doch nicht etwa so gehen, sagte Kramer und zeigte auf die flachen Sandalen, deren Riemchen ihn an Offiziersuniformlitzen erinnerten. Denk an das Kopfsteinpflaster, außerdem ist es noch viel zu kühl! Ja, Vati, du denkst wohl, auf dem Land könne man nur in Gummistiefeln gehen? Wenn du meinst, sagte er und fragte sich, warum sie das Wochenende habe freinehmen müssen. Er wusste gar nicht, dass Tine schon eine neue Arbeit gefunden hatte, eine mit Wochenenddiensten offenbar. Was freilich nichts

besagte, denn sie hatte ihn immer erst informiert, nachdem ihre Entscheidungen gefallen waren, auch darin ähnelte sie Gabriele. Lange Zeit hatte Kramer deshalb geglaubt, dass seiner Tochter in ihrem Leben alles gelang und sie in einem Zustand dauernder Zuversicht lebte. Wenn sich das doch als Irrtum erwies, war er immer froh gewesen, mit ihren Problemen nicht behelligt zu werden, nun aber regte sich das schlechte Gewissen, und er spürte doch eine Art väterlicher Verantwortung. Noch gestern war ihm das überflüssig erschienen, und als Tine ihn durchs Haus geführt hatte, waren ihm die Rauchmelder an allen Decken aufgefallen, und obwohl er Rauchmelder eigentlich für überflüssig hielt, hatte er seine Tochter im Stillen für ihre Umsicht gelobt.
Was hättest du denn getan, wenn ich nicht gekommen wäre? Nichts Besonderes, sagte sie lächelnd, das Haus, der Garten, da gebe es immer etwas zu tun. Und die Arbeit?, fragte er nun doch. Ihr Lächeln schrumpfte, und mit ihm verschwand auch die Verlegenheit. Ob das denn keine Arbeit sei, das Haus und der Garten?, motzte sie. Kramer ergab sich mit einem Stammeln. Doch, sagte er, aber, sagte er, dann fiel ihm nichts mehr ein. Er hatte Lust, eine Zigarette zu rauchen, unterdrückte das Verlangen, ob wegen Tine oder dem Rauchmelder war ihm nicht klar, und suchte in Gedanken nach Argumenten für eine regelmäßige und bezahlte Beschäftigung. Kaum zu glauben, dass sich gerade hier für Leute mit Tines

Abschluss, wenn sie nur wollten, nicht etwas finden lasse. Wollen wir?, drängte Tine und schlurfte auf flachen Sohlen Richtung Tür. Während er ihr folgte, dachte er an Rottmann, den er durchs Fenster gesehen hatte, zumindest hatte er geglaubt, der Mann auf dem Feld könnte Rottmann gewesen sein, obwohl die Schritte für Rottmann vielleicht doch zu groß waren, trotzdem stellte er sich vor, wie Rottmann das Haus umrundete, den Kreis immer enger zog und dann in dem Moment, da er mit Tine aus der Tür trat, ihnen entgegenkommen würde. Wir könnten den abgestorbenen Pflaumenbaum fällen, schlug er deshalb vor. Tine überlegte, ob das der Auftakt zu einer neuen Blödelei war, doch statt die Einhaltung der Totenruhe für Pflaumenbäume anzumahnen, mimte sie, durchaus nicht ohne Talent, wie Kramer fand, mit Worten und Gesten eine ortskundige Gästeführerin. Unser Dorf weiß mit erstaunlichen Reizen aufzuwarten, auch wenn sie vielleicht erst auf den zweiten Blick zu entdecken sind, dem aufmerksamen Gast werden sie nicht verborgen bleiben, wenn Sie mir bitte folgen wollen, sagte sie mit höflichem aber doch bestimmtem Tonfall, riss dabei ein kleines Tüchlein aus ihrer Tasche und hisste es am ausgestreckten Arm wie ein Fähnchen. Natürlich, sagte er, sich ergebend, ich bin gespannt.

5

Der Platz vor dem Haus döste in spätvormittäglicher Verlassenheit. Hans-Günthers Wagen war verschwunden. Am Wochenende, hatte Tine gesagt, sei das Dorf manchmal wie ausgestorben. Trotzdem blickte sich Kramer unsicher um, schaute in alle Richtungen und war erleichtert. Kein Rottmann, nirgends. Bis er die Hundespur am Wegrand entdeckte, keine frische zwar, aber deutlich zu erkennen im getrockneten Schlamm, der von einem Netz von Rissen überzogen war wie alte Ölgemälde von Krakelee. Die Trittsiegel wirkten wie eine ausgerollte Banderole mit Jack-Wolfskin-Logos. Also doch von Meister Isegrim? Das Tier, was immer es war, musste auch durch eine flache Pfütze getrottet sein, unter der Wasseroberfläche nämlich waren die Abdrucke seiner Pfoten in Schlick gebannt. Wolfsspur in Aspik, diagnostizierte der selbsternannte Fährtenleser. Die Fußstapfen von Krähen kreuzten den Weg, und auf dem Grund der Wasserlachen, die sich seit dem letzten Regen in den von Hans-Günthers Wagen gezogenen Spuren gehalten hatten, waren deutlich Reifenprofile zu erkennen. Tine überwand sie mit einem ausladenden Schritt und gelangte trockenen Fußes zu den ersten Pflastersteinen, von wo aus sie die imaginäre Reisegruppe ermutigte, ihrem Beispiel zu folgen. Ich hätte nicht gedacht, dass wir eine

Safari machen, scherzte Kramer. Keine Bange, erwiderte Tine, das Schlimmste haben wir hinter uns, was Kramer, dessen Blick noch immer unruhig die Umgebung absuchte, jedoch für ein voreiliges Fazit hielt. Und auch Tine blickte sich noch einmal um, als wolle sie sich versichern, dass auch ein letzter möglicher Nachzügler den entscheidenden Schritt getan hatte.
Die Schmiedegasse zum Dorf hinab gingen sie in jenem Spaziergängertrott, den Tine angeschlagen hatte und stur beibehielt, auch wenn Kramer immer wieder einige Meter voraus war und dann auf seine Tochter warten musste. Die meiste Zeit schwiegen sie, seine gelegentlichen Bemerkungen ließ sie unbeantwortet, die waren auch nicht der Rede wert. Das Wetter, die Felder, der Schrei eines Vogels, den er benannte, keine Reaktion, erst als das zaghafte, wie verträumt klingende Glockengeläut der Dorfkirche zu hören war, erklärte Tine, dass dies das Glockengeläut der Dorfkirche sei. Ein etwas mickriges Gebimmel, mickrig und irgendwie fast ängstlich, fand Kramer, der in der Nähe einer großen Kirche wohnte, deren forderndes Geläut ihn täglich aus dem Schlaf riss. Es sei nur ein Kirchlehn, die Hauptkirche befinde sich ebenso wie der Friedhof in der benachbarten Kleinstadt, gab ihm Tine sachkundig Auskunft und schlug vor, als erstes das Kirchlehn zu besichtigen. Kramer fand es merkwürdig, dass ein relativ großes Dorf über keine eigene Kirche verfüge, und er fragte etwas ketzerisch,

ob man daraus auf die geringe Frömmigkeit der Bewohner schließen könne. Könne man, gab Tine ihm recht, wenn auch ganz anders, als er vielleicht vermute, denn dass es überhaupt ein Kirchlehn gebe, zeuge doch gerade von Frömmigkeit, zumindest aber von der Anwesenheit einiger Frommer, zudem, wenn man bedenke, dass dieses Kirchlehn in den dreißiger Jahren des letzten Jahrhunderts aus einem ehemaligen Tanzsaal entstanden sei, also in einer, wie er wisse, nicht gerade frommen Zeit, vorher nämlich, werde erzählt, habe man einen nicht benötigten Maschinensaal der Freudenbergschen Fabrik für die Gottesdienste genutzt. Den man dann, dachte Kramer, im Krieg wieder für die Produktion benötigte. Er sprach den Gedanken nicht aus. Immerhin, sagte er nur, habe jede Sache zwei Seiten.
Der Kirchturm, wenn man überhaupt von einem Turm sprechen konnte, war wirklich winzig und saß auf dem First des Hauses, so dass man ihn, wenn man, den Kopf im Nacken, direkt vor dem Haus stand, nicht sehen und das Gebäude noch immer für ein Gasthaus halten konnte oder eine Schule. Zumal das kleine Kreuz, das die mit Grünspan überzogene Turmhaube krönte, lediglich von einem Draht gebildet wurde, kaum dicker als ein Blitzableiter. Jetzt war es Kramer, der ein paar Schritte zurücktrat und, als belesener Bibliothekar den Fachmann in architektonischen Fragen gebend, seiner Tochter erklärte, es handle sich keinesfalls um einen Turm, sondern

allenfalls um einen Dachreiter. Diese väterliche Belehrung indes blieb nicht die einzige Schmach, die der ehrenamtlichen Führerin bereitet wurde, denn als Tine nun die fünf Granitstufen zur Eingangstür emporstieg, ihre Hand auf die eiserne Klinke legte, diese nach unten drückte und zur Unterstützung auch noch ihre Schulter gegen das Holz stemmte, tat sich nichts, es war vergebens, die Tür war verschlossen. Natürlich, resümierte Kramer, Gott sei nicht zu Hause, er habe nichts anderes erwartet. Soviel zum Thema Frömmigkeit, legte er nach und wollte schon abdrehen, als sich von oben unverhoffter Beistand ankündigte. Seitlich über der Tür hatte sich ein Flügel der Rundbogenfenster geöffnet, einen Spalt breit nur und zu wenig, als dass ein Neugieriger seinen Kopf durch den Schlitz hätte schieben können, aber durchlässig genug für eine hilfsbereite Stimme: Moment, ich komme gleich mit dem Schlüssel! Tines Augen signalisierten Triumph. Die drei Minuten des Wartens waren lang genug für Spekulationen, ob die Fügung glücklich oder göttlich zu nennen sei. Zur Gewissheit, dass es wohl eher Berechnung war, gelangte Kramer erst, als nicht etwa ein Pfarrer oder Kirchendiener die Tür öffnete, sondern kein anderer als Rottmann. Er habe sie schon erwartet, frohlockte er, und wenn seine Hilfe benötigt werde, bitte, also aufgepasst. Die Kirche habe man zwar im Dorf gelassen, aber der Pfarrer sei weg, der tingle jetzt mit Bibel und Klingelbeutel über die umliegenden Dörfer zu seiner Kundschaft wie einst die Hausierer oder später das Schlagerpaar aus der Stipendie, du erinnerst dich. Er hat einen Twitter-Account, mischte Tine sich ein. Egal, wenn er ehrlich sein solle, er, Rottmann, vermisse diesen, ihr verzeiht den Ausdruck, diesen Zigeunerpfarrer nicht. Was er vermisse, sei der Friedhof, denn auch einen Friedhof gebe es nicht. Was, versuchte Tine ihre Rolle zurückzuerobern, von mir bereits gesagt worden ist. Gesagt, rief Rottmann, man könne vieles sagen, könne alles erklären, aber man müsse es auch fühlen. Für ihn habe ein Friedhof immer etwas Tröstliches, dort, so scheine ihm, würden die Bäume besonders alt, wie gern würde er über den Friedhof gehen, um seine ehemaligen Kameraden zu besuchen oder Eisen-Hans, den alten Schmied, und natürlich, um mit seinem Bruder zu reden oder auch nur, um die Toten zu zählen und sich zu vergewissern, dass man noch lebt, aber dafür müsse er erst den Bus nehmen und dann noch durch die halbe Stadt laufen, was ihn wegen seines kaputten Knies zu sehr anstrenge, also lasse er es lieber. Für manche sei ein Friedhof nur eine Deponie von Grabsteinen, für ihn sei er die Seele des Dorfes, und dieses Dorf habe eben keine Seele, es habe seine Toten verloren. Das kleine Kirchlehn jedenfalls sei noch da, während die große Gurtweberei abgerissen worden sei, aber das wisse Kramer ja schon, was er jedoch nicht wisse, sei, dass die Kirche trotz ihrer geringen Größe heute meist leer, also auch gewissermaßen ungenutzt sei, weshalb er, Rottmann, hier eine Art Doppeldienst versehe, als Heimbürge und Nachlassverwalter, wenn er so wolle, den Seinen gebe es der Herr zwar im Schlaf, trotzdem müsse man immer mal nach dem Rechten sehen, natürlich ehrenamtlich. Er wolle gar nichts, und der Herr interessiere ihn nicht, murrte Kramer, lenkte aber sogleich ein und fragte, ob Rottmanns Dienstbeschreibung etwa auch die Rolle des Glöckners oder die des Kirchenführers einschlösse, ehrenamtlich selbstverständlich. Den Glöckner tat Rottmann mit einem vielsagenden Grinsen ab, was aber den Kirchenführer betreffe, er sei zwar auch noch nicht so lange bei dem Verein, aber von ihm aus, stets zu Diensten, auch ehrenamtlich, obwohl ein Klingelbeutel natürlich vorhanden sei und ein guter Zweck, nicht wahr, sich sicher finden lasse. Es sei ihm gerade als Konvertiten und Spätberufenem eine Ehre, meinte er und ließ dabei seine Hand durch die Luft schwingen, dienernd nach Lakaienart, obwohl es Kramer eher so schien, als schwenke ein Torero seine Muleta. Also immer hereinspaziert in die gute Stube!

Die von Rottmann so genannte gute Stube lag im Obergeschoss, im kühlen fensterlosen Treppenhaus war es düster, nur das spärliche Licht einer nackten Glühlampe funzelte von der Decke, und ein muffiger Geruch schlug ihnen entgegen. Errichtet vom Verein für die kirchliche Betreuung, Baujahr 37, kurz vor dem Krieg also, sagte Rottmann wichtigtuerisch, als sei das eine Erklärung. Vorher habe man für das geistliche Geschäft einen Maschinensaal genutzt... auch das, versuchte Tine ihn genervt zu unterbrechen, habe ich bereits erzählt... einen Maschinensaal, steuerte Rottmann unbeirrt auf die Pointe zu, man habe das Motto *bete und arbeite* also wörtlich genommen und könne daher von einer Simultankirche sprechen. *Bete und arbeite*, alter Benediktinerspruch, klärte Kramer seine Tochter auf und schlug sich so auf Rottmanns Seite. Dann blieb er unschlüssig vor einer Tür stehen, an der, von ungelenker Hand beschrieben, ein Zettel mit dem Wort *Bücherbasar* klebte. Tine, wohl ahnend, was nun kommen würde, seufzte hörbar auf, die Mundwinkel nach unten gezogen sah sie zu Rottmann, als wolle sie sich mit ihm verbünden, was aber erfolglos blieb. Der Alte war erstaunlich schnell über die ersten Treppenstufen geschlurft, hatte sich, eine Hand immer am Geländer, mit der anderen den Stock umklammernd, der diesmal ein leichter Bambusstab mit über die Spitze gestülptem Gummifuß war, hinaufgezogen, dabei fortgesetzt vor sich hin murmelnd, als spreche er ein Gebet. Nun stand er hinter der marmorierten Holzbalustrade auf dem Treppenabsatz und blickte über Tine hinweg direkt zu Kramer: Nur zu! Kaum hatte der die Tür geöffnet, schlug ihm der muffige Geruch, der im Treppenhaus schon zu ahnen gewesen war, mit voller Wucht entgegen. Der angekündigte Basar erwies sich als eine an ein ehemaliges Waschhaus erinnernde Kammer, zwischen den Resten zerschlagener Fliesen bleckten schimmelfleckige Wände. Auf dem Steinboden standen Bananenkartons, in denen sich feuchte, achtlos hineingeworfene Bücher wellten. Andere, leicht angeschimmelt meist, füllten den Torso einer ausrangierten Schrankwand oder stapelten sich auf ungehobelten Brettern, die ebenfalls von Büchern getragen wurden. Der Anblick schmerzte ihn. Auch in der Bibliothek wurden immer wieder Bücher aussortiert, in letzter Zeit sogar vermehrt Romane, die er besonders schätzte, die aber nur von wenigen gelesen wurden. Er war deshalb dazu übergegangen, diese Sorgenkinder, wie er sie liebevoll nannte, immer wieder pro forma auszuleihen, um sie so durch das vorgetäuschte Leserinteresse im Bestand zu bewahren. Nun überflog der Bibliothekar mit geübtem Blick die Titel. *Heiligenlegenden für Kinder. Grundlagen der Schwachstromtechnik. Wir kochen gut*. Über der Gosse, auf einer Spiegelkonsole lag Kästners *Lyrische Hausapotheke*. Und dann: *Die friedliche Revolution in Bildern*. Brauchst du noch lange? Tines Worte hallten im Treppenhaus. Ungläubig zog Kramer das stockfleckige Revolutionsbuch aus einer Kiste, versuchte den Staub vom Titelbild zu blasen, der feuchte Siff klebte auf dem Papier, er ließ kopfschüttelnd die Seiten durch die Finger blättern, legte es behutsam wieder zurück. Er kannte das Buch genau, einige der Fotos hatte er sogar selbst gemacht und sie den Herausgebern zur Verfügung gestellt,

Aufnahmen vom realsozialistischen Alltag, dessen Tristesse er damals für einmalig gehalten hatte, von den Parolen über den Fabriktoren, dann von den Demonstrationen im Herbst neunundachtzig. Er könne sich ruhig nehmen, was er brauche, rief Rottmann von draußen, eine kleine Spende für den Erhalt des hübschen Kirchleins sei aber willkommen. Ich nehme mir, was ich brauche, nämlich nichts, schnarrte Kramer zurück und fragte sich, ob er in seinem Beruf nicht auch nur tue, was Rottmann einen Doppeldienst als Heimbürge und Nachlassverwalter genannt hatte, nur eben gegen Geld. Er war wütend und gekränkt wegen des Zustands der Bücher, wegen der Verramschung seiner Erinnerungen, Tine sah es ihm an, als er die Tür zugeschlagen hatte und wieder im Treppenhaus stand. Na endlich!, stöhnte sie erleichtert, ohne von ihrem Smartphone aufzusehen, über das sie unentwegt wischte. Kramer ignorierte es, langsam nahm er die ersten Stufen, doch als er die halbe Höhe der Treppe erreicht hatte und Rottmann ihn fragte, ob er in diesem bibliophilen Chaos etwas gefunden habe, fiel ihm ein, unter den Fotos, die er vor Jahren für das Buch herausgesucht hatte, musste eines von Gabriele gewesen sein. Er blieb stehen und sah es vor sich, Gabriele auf einer der Demonstrationen, es musste die gleiche Jahreszeit gewesen sein wie jetzt, sie noch in einem bunten Sommerkleid, das Kind auf der Schulter, hoch über den wogenden Köpfen, ihr im Haar wühlend. Im dichten Gedränge umklammerten Gabrieles Hände die Füße des Kindes, keine Chance also für eine abwehrende Geste in Richtung des Fotografen. Auf keinem anderen Bild war Gabriele so schön wie auf diesem. Tine musste damals zwei Jahre alt gewesen sein, er hatte mit ihr nie darüber gesprochen, über das Foto nicht und erst recht nicht über die Zeit. Sie hatte aber auch nie gefragt. Und er? Er hatte die Brauen gehoben, wenn sein bisher stummer Vater dem Enkelkind plötzlich von seiner Kriegskindheit erzählt hatte. Du schon wieder mit deinem Krieg, hatte er gedacht, während Tine alles wissen wollte von dem Jungen, der seinen Vater kaum gekannt hatte, weil der aus der russischen Gefangenschaft nicht zurückgekehrt war. Sein eigenes Leben war Kramer damals belanglos erschienen, er hatte sich höchstens gewundert, was über jenen Herbst in Tines Schulbüchern stand, doch er hatte geschwiegen, weil das alles nicht mit ein paar Schulbuchsätzen zu erklären war. Wie lange ist das alles her? Jetzt ist es ganz nah, dachte er. Die Spanne der Jahre überschlagend, bemerkte er, dass das Foto in der Hälfte seines bisherigen Lebens entstanden war und dass Tine nun ungefähr sein damaliges Alter erreicht hatte. Die Arithmetik verwirrte ihn. Mein Gott, dachte er, noch immer auf der Kirchentreppe stehend, soll ich etwa für meine Tochter den Rottmann geben. Die hielt sein Innehalten wohl für ein Zeichen körperlicher Schwäche, los komm, forderte sie ihn auf, es sind nur noch ein paar Stufen.

Der eigentliche Kirchenraum erinnerte tatsächlich an eine gute Stube, zumindest schienen die abgenutzten Teppiche und die wie für ein Kaffeekränzchen gruppierten Stühle aus den guten Stuben der siebziger Jahre herbeigeschafft worden zu sein. Der Betsaal, wie Rottmann ihn nannte, war vollkommen schmucklos, nur zwischen den Fenstern der Längsfront hingen zwei Bilder, eine Fotografie und eine Zeichnung, die nichts anderes zeigten als das Kirchlehn selbst. An der Schmalseite hatte der kleine Saal eine Ausbuchtung, noch immer mehr Bühne im Tanzsaal eines Dorfgasthofes als Altarraum, ein profanes Rednerpult stellte die Kanzel dar, aber selbst die gediegene Holztäfelung der gegenüber in kaum übermannsgroßer Höhe thronenden Orgelempore und der einer Stuckrosette entspringende, fast in Reichweite von der Decke und trotz einiger durchgebrannter Glühlampen noch immer funkelnde böhmische Lüster wirkten etwas deplatziert, weshalb der Kirchenführer ungewohnt einsilbig blieb. Immerhin wies er auf das bunte Glasfenster an der Stirnseite hin, das als Altarbild fungierte. Vom spärlichen Licht aus dem Innenhof nur diffus beleuchtet, zeigte es Jesus mit weinrot schimmerndem Gesicht, die Bleiverglasung ließ seine Züge kantig erscheinen, von glattem tiefschwarzem Haar gerahmt wirkten sie indianisch. Der Mann, dachte Kramer, hat den bösen Blick. Unser Christus, sagte Rottmann mit verhaltenem Stolz, in dem auch eine Spur Unsicherheit anklang. Wenn du mich fragst, sagte Kramer, sieht er eher wie der letzte Mohikaner aus. Sind wir das nicht alle, sagte Rottmann, letzte Mohikaner, du und ich, die junge Dame selbstverständlich ausgenommen. Sehr gnädig von Ihnen, sagte Tine schnippisch und nutzte die Gelegenheit, die durch Rottmanns Auftauchen verlorene Rolle als Gästeführerin wieder an sich zu reißen, indem sie nicht nur zum Aufbruch drängte, sondern Rottmanns Angebot, sie wenigstens noch bis zur ehemals Freudenbergschen Villa zu begleiten, brüsk zurückwies. Keine Bange, sagte sie, die junge Dame werde das Kind schon schaukeln. Rottmann schien sich ihrem Willen zu beugen, auch wenn, wie er betonte, gerade die Besichtigung der ehemals Freudenbergschen Villa oder dem, was davon übrig sei, um einen falschen Eindruck zu vermeiden, nach einem kundigen Führer verlange, einem, der aus erster Hand berichten könne. Ob Tine ihrem Vater denn auch die Freundschaftsecke zeigen werde, fragte er noch, aber Tine wusste nichts von einer Freundschaftsecke. So, so, das junge Fräulein habe also keine Ahnung von der Freundschaftsecke, aber bitte, wenn sie wirklich meine, auf ihn verzichten zu können, sagte er und lächelte süffisant. Sie waren schon im Gehen, als Kramer sich noch einmal umsah und die Taube entdeckte, ein grob geschnitzter Holzvogel, der an einem dünnen Faden unter der Decke schwebte und nun, in der Zugluft der geöffneten Tür, leicht baumelte. Die Flügel ausgebreitet, verharrte sie wie in einem senkrechten Steigflug in der Luft, jenem Tier ähnlich, das auf dem Sims des Hauses erfolglos Halt gesucht hatte. Und wieder fühlte er sich von dem Vogel beobachtet. Auch Rottmann hatte ihn beobachtet, nun trat er ganz nah an ihn heran und flüsterte ihm, damit Tine es nicht hören konnte, ins Ohr: Der Heilige Geist, schön für die, die daran glauben, aber ich, musst du wissen, bin im Grunde meines Herzens noch immer ein Ketzer. Kramer, der vor Rottmanns fauligem Atem ein Stück zurückgewichen war, schwieg.

Als sie die Stufen wieder hinabgestiegen waren, hatte Rottmann deutlich Mühe, den anderen zu folgen, bei jedem Schritt knickte sein Knie weg, und er verzog, sich am Geländer festkrallend, vor Schmerz das Gesicht. Am Fuß der Treppe blieb Kramer stehen und wartete auf ihn. Moment noch, sagte er dann und verschwand hinter der Tür mit der Aufschrift *Bücherbasar*. Also doch, triumphierte Rottmann, während er den Gummifuß von der Spitze seines Bambusstockes zog, ich habe es gewusst.

Der Abschied vollzog sich erstaunlich rasch. Rottmann, die von Kramer angebotene Zigarette hatte er ausgeschlagen, schwang seinen Stock in Richtung irgendwo und folgte ihm nun wieder raschen Fußes, ließ ihn nur noch einmal, als Kramer ihm einen Dank hinterherrief, über dem Kopf kreisen, ohne sich dabei umzudrehen. Der hatte sich, die Zigarette im Mundwinkel, das im Basar ohne Spende erworbene

Buch in seine Umhängetasche gesteckt. Die von Tine hinter der wild gegen den Qualm wedelnden Hand vorgebrachte Frage, was er denn gefunden habe, beantworte er nur knapp: Überraschung. Und auf Rottmann weisend, fügte er hinzu: Den sind wir also los. Den sind wir nicht los, der kommt wieder, wenn du ein Haus auf dem Land kaufst, bekommst du so einen gratis dazu, sagte Tine mit einer Überzeugung, als habe sie schon mehrere Häuser auf dem Land gekauft. Er habe nicht vor, sich ein Haus zu kaufen, und der Alte sei doch ganz nett gewesen, fand Kramer, sie tue ihm Unrecht. Ich tue ihm gar nichts, sagte Tine, er soll mich nur in Ruhe lassen! Bist du nun endlich fertig? Kramer drückte seine Zigarette an der gelb getünchten Hauswand aus und wusste nicht wohin mit der Kippe. Die Kippe in der hohlen Hand erspart den Aschenbecher, scherzte Tine, und einen Moment lang schien es so, als könne eine entsprechende Erwiderung eine jener befreienden Blödeleien in Gang setzen, die Kramer gern einen Entspannungsdialog nannte, aber er schwieg.

Vor dem Kirchlehn zweigte ein leicht abschüssiger Weg von der Hauptstraße ab und führte in eine Laubenkolonie. Vom Schild, das sich über dem Eingang wie ein Torbogen wölbte, prangte die Aufschrift *Gartensparte Frohe Zukunft*, indes eine kleine Tafel verkündete, dass der Weg in die *Frohe Zukunft* nach zwanzig Uhr geschlossen sei. Kramer enthielt sich eines Kommentars, den Tine, wie ihr warnender Blick verriet, erwartet hatte, so gut kannte sie ihren Vater dann doch. Neben einem verglasten Schaukasten für amtliche oder vereinsinterne Mitteilungen stand ein Hundekottütenspender, was Kramer verwunderte, weil er solche Objekte bisher für eine rein städtische Errungenschaft gehalten hatte. Der Fortschritt macht nicht einmal vor Hundescheiße halt, dachte er. Links und rechts der Gasse standen Holzzäune Spalier, eine Art Hohlweg bildend, dessen Wände wie eine endlose Reihe von Bücherrücken aussahen und nur an wenigen Stellen von Hecken überwuchert waren, selten presste sich das Laub oder eine Blüte der Pflanzen durch die Ritzen. Offenbar fungieren die Zäune als Schablone für den rigorosen Schnitt, der der strengen Schrebergartenordnung zur Geltung verhalf. Viele der Wege zu den Lauben waren mit Steinplatten belegt. Es gab Bordsteinkanten und betonierte Sitzflächen, einige Grills türmten sich zu kleinen Tempeln auf und bunte Spielgeräte aus Plastik standen neben Gewächshäusern auf den Rasenflecken. Die Beete und Rabatten waren herausgeputzt mit auf Pfählen gestülpten Glaskugeln, die die Welt in seltsamer Verzerrung und unnatürlich schrillen Farben spiegelten. In einigen der Parzellen standen Fahnenmasten, unbeflaggt meist, nur an einer Stange hing ein schlaffer Fetzen Stoff, die verblassten Farben eines Fußballvereins vielleicht. Nur wenige Meter entfernt aber, vor einem frisch verputzten Bungalow, vor dessen Eingangstür der schriftliche

Befehl erging, sich gefälligst die Haxen abzukratzen, spreizte sich eine Reichskriegsflagge in voller Breite. Idioten gibt es überall, beeilte sich Tine zu sagen, und es klang beinahe entschuldigend. Dummheit ist keine Entschuldigung, beharrte Kramer schroff. Er war vor der Gartentür stehen geblieben, nun hielt er seine Umhängetasche fest, drückte sie an den Körper, als fürchte er, sie könne ihm bei einem eigenen Angriff oder einer möglichen Flucht behindern. Die Ober- und Unterkante der Fahne waren jeweils an ein Rundholz genagelt, dessen oberes seinerseits zwischen den Metallbacken eines mit Draht an einem Holzpfahl gerödelten Kartenständers klemmten, wie Kramer ihn aus dem Schulunterricht kannte, während der untere Stab zum Boden hin abgespannt war, so dass die Reichskriegsflagge wie ein Segel stand. Einen Moment lang dachte er an die Weltkarte zur politischen Geographie, die an einem eben solchen Kartenständer gehangen hatte und auf der damals eine beträchtliche Zahl rot eingefärbter Länder glaubhaft vom Sieg des Sozialismus zeugte. Diese Erinnerung steigerte Kramers Wut, denn plötzlich trat er mit geblähten Wangen und fest aufeinandergepressten Lippen, einen Fluch unterdrückend, jedenfalls kam es Tine so vor, trat also direkt vor das Gartentor und packte die oberen Enden der Latten, um das Gatter womöglich im nächsten Moment zu übersteigen oder wenigstens daran zu rütteln. Dann aber, schon war er, um Schwung zu holen, leicht in die Knie gegangen, ließ er plötzlich von den Zaunspitzen ab und gab sich geschlagen. Hast du den Don Quijote gelesen? Tine wusste nicht, was er meinte. Vielleicht hast du recht, sagte er leise und mehr zu sich selbst, Idioten gibt es überall. Ob seine Tochter diesen bastelfreudigen Flaggenhisser kenne, zumindest das wollte Kramer dann doch wissen, immerhin habe ein paar Dörfer weiter, wie er gehört habe, schon eine Flüchtlingsunterkunft gebrannt. Eine geplante Flüchtlingsunterkunft, es sei ja nur eine alte Fabrik gewesen, soviel Zeit müsse sein, gab Tine zur Antwort, Scheiße sei das trotzdem, sie wisse das, aber sie habe sich nun einmal entschlossen, hier zu leben, und es sei nicht alles schlecht, ganz im Gegenteil. Und auf dem Dorf kenne eigentlich jeder jeden, aber was das denn heiße, schränkte sie gleich ein, man kenne jemanden und wisse doch nichts von ihm, außerdem lebe sie ja noch gar nicht lange hier, so klein sei das Dorf schließlich nicht, und im Kataster der *Frohen Zukunft* kenne sie sich erst recht nicht aus, da müsse er schon seinen neuen Freund fragen, der Rottmann wisse hier alles, zumindest tue er so, sie jedenfalls wisse von nichts, und an die Ankunft von Flüchtlingen glaube sie nicht mehr, das sei doch Schnee von gestern, also auch bloß noch eine Sache für Rottmann. Die Unschuld vom Lande, dachte Kramer und schwieg. Den Weg durch die Kleingartenanlage habe sie nur gewählt, weil der eine Abkürzung sei, eine Abkürzung zur Freudenbergschen

Villa, und er wolle doch zur Freudenbergschen Villa, versuchte sie ihn vom martialisch beflaggten Garten abzulenken und hätte, wäre sie im Besitz eines Rottmannschen Stockes gewesen, mit diesem nun sicher die Richtung vorgegeben. Durch die *Frohe Zukunft* in die Vergangenheit, das passt ja, lachte Kramer auf, also los, gehen wir zum Angriff über.

Auf den sogenannten Dorfanger gelangten sie, obwohl der Gartenpfad zunächst als Sackgasse endete, ihnen dann aber doch einen zwischen Fliederbüschen versteckten Durchschlupf als Ausweg bot. Es roch hier aber nicht nach Flieder sondern nach Urin. Der Boden war feucht und glitschig. Gebückt und ohne zu murren hatte sich Kramer durchs Unterholz gezwängt, ganz dicht hinter Tine, die ohne Rücksicht auf ihre Sandalen vorangegangen war und das Zurückschnellen der Zweige mit ihrem Körper verhindert hatte. Seine Rückenschmerzen hatte er ihr zu verbergen versucht.

Der Anblick, der sich ihm bot, nachdem er sich mühsam aufgerichtet hatte, war der einer gewöhnlichen Straßenkreuzung, die verwaist war, obwohl die Vielzahl der aufgestellten Verkehrsschilder auf eine gewisse, im Moment sich freilich verbergende Urbanität verwies. Nicht gerade Rushhour, sagte er. Die Kreuzung weitete sich nur deshalb zu etwas Platzartigem, weil drei der Ecken unbebaut waren. Von einer verwilderten, durch die Fliederbüsche rückseitig abgeschlossenen Grünfläche, auf der ein paar Rosenstöcke in alten Futtertrögen verdorrten, sah man auf einen ehemaligen Biergarten, auf dem nur der Schatten des mächtigen Stammes einer ihrer Krone beraubten Kastanie lag wie bei einer Sonnenuhr. Das dahinterliegende Gebäude war das alte Fachwerkhaus, das Kramer letzte Nacht auf dem Bild über seinem Bett gesehen hatte. An der Fassade hatte die Aufschrift *Dorfkrug* die Zeiten geduldig überdauert, jetzt wirkte sie eher trotzig. Gegenüber gähnte eine leere Betonfläche, in der das von Eisenträgern gebildete Rechteck einer stillgelegten LKW-Waage noch von einstiger Betriebsamkeit zeugte. In den Ritzen zitterte dürres Gras. Von der vierten Ecke schließlich, Kramer konnte es kaum glauben, blinkte auch jetzt am Vormittag die rote Neonleuchtschrift einer Döner-Imbissbude über den menschenleeren Platz. Im Erdgeschoss eines offenbar erst vor wenigen Jahren errichteten flachen Geschäftshauses untergebracht, das in der Umgebung allerdings viel höher wirkte, nahm der Imbiss nur einen kleinen Teil der Ladenfläche ein, die mittels greller, quer über die Fenster geklebter Spruchbänder zu günstigen Konditionen nach Mietern suchte. Im Inneren, gleich neben dem Eingang, fläzte ein Mann, der sich sein tiefschwarzes Haar an der Scheibe plattdrückte, ein Türke vielleicht. Seit Kramer und Tine aus der Hecke getreten waren, hatte er sich nicht von der Stelle gerührt, offenbar war er eingeschlafen und träumte womöglich vom Wind, der vom Meer her sanft über das Land streicht. Davor standen einige weiße Plastikstühle und luden, nein nicht zum Verweilen ein. Und das ist also euer Zentrum, bemerkte Kramer spitz. Tine wusste sich zunächst nicht anders zu helfen, als die Bemerkung zu übergehen, dann aber, sich einen lästigen Kieselstein aus der Sandale schüttelnd, ging sie zum Angriff über. Seine Arroganz sei unerträglich, Hans-Günther habe recht gehabt, sie vor ihm zu warnen. Hans-Günther? Warnen? Vor mir? Kramer übertrieb seine Entrüstung, schnappte theatralisch nach Luft. Vor mir muss niemand gewarnt werden, du schon gar nicht. Was dieser Hans-Günther sich einbildet, dachte er, gerade Hans-Günther, dessen Freundlichkeit ihm nun wie eine schleimige Anbiederei erschien. Arroganz, ha, der Vorwurf kam ihm bekannt vor, er stieß in seinen Erinnerungen auf Resonanz, schon hörte er Gabrieles vorwurfsvolle, manchmal etwas hysterische Stimme. Auch sie hatte ihn der Arroganz bezichtigt, damals, als er vielen der Leute, die zu Tausenden auf die Straße gingen und riefen, sie seien das Volk, nicht traute. Auch ihrem Mut hatte er nicht getraut, da es dieses Mutes kaum noch bedurfte. Er war sich sicher gewesen, dass die demonstrativ zur Schau gestellte Einigkeit nur von kurzer Dauer sein würde, während Gabriele viel zu lange, wie er glaubte, einer geradezu romantischen Vorstellung eines gemeinschaftlichen Aufbruchs von unten angehangen hatte. Natürlich hatte auch ihn die Euphorie zunächst mitgerissen, die ersten Monate, er

hatte sie genossen, doch schon bald hatte die Skepsis überwogen und seinen Elan gebremst, die Radikalität vieler Forderungen und der Drang nach Vergeltung war ihm als Selbsthass jener erschienen, die ihre jahrelange Lethargie nun mit missionarischem Eifer zu überdecken suchten, immer öfter hatte er die Ereignisse dann voller Zynismus kommentiert. Zynismus war etwas, mit dem Gabriele nicht umgehen konnte, sie fühlte sich von seinen allgemeinen Diagnosen persönlich angegriffen, wahrscheinlich, dachte er, stecken die beiden mit Gabriele unter einer Decke. Lass deine Mutter aus dem Spiel, fuhr er, aus den Gedanken aufschreckend, seine Tochter an. Ich habe kein Wort von Mutter gesagt, wunderte sich Tine und schaute ihren Vater fragend an. Warum starrst du so? Ich starre nicht, sagte er irritiert. Natürlich hast du gestarrt, beharrte sie, denkst du eigentlich noch oft an Mutter? Manchmal dachte er noch an Gabriele, doch jetzt ging es ihm um etwas anderes. Aber wie sollte er das Tine erklären? Mit einer resoluten Handbewegung, als müsse er ein lästiges Insekt vertreiben, erklärte er das Thema für beendet.
Der vermeintliche Türke, eine karierte Schürze vor den schmächtigen Leib gebunden, war inzwischen vor seinen Laden getreten und hatte sich als Vietnamese entpuppt, nun wischte er den einzigen Tisch ab und spannte dienstbeflissen einen roten Sonnenschirm über den Plastikstühlen auf, obwohl sie noch im Schatten der Hauswand standen.

Kramer verfolgte das Schauspiel gebannt. Hast du etwa Hunger?, fragte Tine ungläubig und ob des in Aussicht stehenden Angebots auch etwas entsetzt. Durst, sagte Kramer, ich habe Durst. Tine, die zu wissen glaubte, worauf sich der Durst ihres Vaters bezog, auf Alkohol natürlich, hatte seinen Wunsch mit einem Gesichtsausdruck quittiert, der zunächst Entrüstung verriet, dann aber nur noch Resignation zeigte und schließlich, als sie sich des Moments seiner Verwirrung erinnerte, in Besorgnis umschlug. Fehlt dir was?, fragte sie, ihn mit einem ängstlichen Blick fixierend. Was soll mir fehlen, ich habe einfach Durst.

Sie hatten kaum Platz genommen, Tine erst, nachdem sie den Stuhl mit einem Taschentuch abgewischt hatte, schon wuselte der Vietnamese heran und wedelte mit einem Tuch noch einmal über den eben gesäuberten Tisch. Tine bestellte ein Wasser, Kramer Cola, obwohl er sonst nie Cola trank. Und weil der Vietnamese daraufhin am Tisch stehenblieb, sogar in Erwartung weiterer Bestellungen einen Stift gezückt hatte, diktierte ihm Kramer in den Notizblock, dass er seine Cola eiskalt wolle. Gedacht war das eher in Richtung Tine, die ihr Wasser medium und nicht zu kalt gewünscht hatte. Als der Schwarzschopf enttäuscht aber freundlich lächelnd abzog, tat der Mann ihm leid. Wenn Kramer sich schon nicht vorstellen konnte, in diesem Kaff zu leben, wie musste sich dann erst ein Vietnamese fühlen? Unrasiert und

fern der Heimat, sagte er und erntete wieder einen verständnislosen Blick.
Während Tine vorsichtig an ihrem Wasser nippte, trank Kramer, der das schlechte Gewissen mit einem großzügigen Trinkgeld beruhigt hatte, seine Cola gierig und in großen Schlucken, dann lehnte er sich mit einem befriedigten Seufzer im Stuhl zurück. Der Vietnamese lümmelte wieder in der Schaufensterscheibe, ab und zu einen dienstfertigen Blick nach draußen schickend. Die Sache mit der Ortsbegehung ist verfahren, dachte Kramer, vielleicht könnte einer wie Rottmann jetzt helfen. Er hatte nun mit der aus dem Magen aufsteigenden Kohlensäure zu kämpfen, aber erst als ein Auto, dessen leerer Anhänger laut scheppernd übers Pflaster rumpelte, an ihnen vorüberfuhr und dann auch noch hupte, verschaffte er sich mit einem Rülpser Erleichterung. Tine sah dem Wagen verdutzt nach. Er hatte im Vorüberfahren ein Stück Papier von der Straße aufgewirbelt, es segelte durch die Luft und legte sich dann wieder, beinahe sanft. Immerhin hat sie hier Freunde, dachte Kramer, zumindest Bekannte oder wenigstens Leute, die wegen ihr auf die Hupe drücken. Und was, fragte er möglichst beiläufig in die wieder eingetretene Stille, was ist nun mit der Freundschaftsecke? Ich sagte doch, ich weiß es nicht, sagte Tine genervt. Und Google? Ach Vater, seufzte sie.

6

Tine hatte keinen besonderen Plan, das Dorf war nicht groß und zu zeigen gab es ohnehin nicht viel, schon gar nicht sogenannte Sehenswürdigkeiten, gerade des Unspektakulären wegen hatte sie sich für diesen Ort entschieden. Gewiss, es gäbe schönere Häuser und reizvollere Orte, aber dann gibt es Momente, in denen man sich einfach entscheiden muss. Und Fragen, die man nicht beantworten kann. Warum zum Beispiel hatte sie sich in Hans-Günther verliebt? Liebe war ein großes Wort, und sie scheute sich vor großen Worten. Man kann sein Leben nicht nur auf Sehnsucht bauen. Der Garten und die nahe Natur, auch die abgeschiedene Lage des Hauses, das alles hatte ihr sofort gefallen, vieles erinnerte sie an ihren Großvater und die Zeit, die sie bei ihm verbracht hatte, sie war sicher, hier heimisch werden zu können. Auch Heimat war ein großes Wort. Hans-Günther war da ganz praktisch und nüchtern gewesen, das Kaff sei ihm egal, hatte er behauptet, er könne überall leben und brauche nicht viel, dass er mit dem Auto in einer Stunde in der Großstadt sein könne, sei gut, aber durch das Internet habe er ohnehin die ganze Welt hier. Außerdem stimmte der Kaufpreis, das nötige Geld stammte aus einer Erbschaft, die er gemacht hatte. Manchmal erschrecke sie seine Emotionslosigkeit, dass sie sich auf den Besuch des

Vaters gefreut hatte, konnte er nicht verstehen, aber gut, es sei ihr Vater, also müsse sie sich darum kümmern, er sei nun einmal kein Familienmensch und habe ohnehin zu tun. Wie er dabei auf seine Alleinverdienerrolle anspielte, war ihr nicht entgangen, aber sie hatte nichts gesagt, denn was den Besuch betraf, war sie sich selbst unsicher, und dass er im Moment Alleinverdiener war, stimmte ja. Obwohl sie wusste, dass er diese Rolle mit seiner Zustimmung zum von ihr gewünschten Umzug akzeptiert hatte, sich in ihr sogar gefiel, ihr Unbehagen blieb dennoch. Auch dass sich seine Emotionslosigkeit zuweilen mit einem Mangel an Phantasie paarte, schien sie nicht zu stören, Menschen mit Phantasie, glaubte sie, litten oft an Ängsten, und ohne Mut wäre weder der Hauskauf zu Stande gekommen, noch seine Arbeit zu bewältigen. Das Projekt, von dem er in letzter Zeit so viel sprach, ohne es näher zu erklären, sie wusste nicht viel darüber, wollte eigentlich auch nicht mehr darüber wissen, und wenn sie doch fragte, eher beiläufig und halbherzig, wich er ihr aus. Sie war ihm dafür dankbar. Manchmal hatte sie zwar den Verdacht, dieses ominöse Projekt sei eine Ausrede, mit der er seine häufigen Fahrten in die Stadt rechtfertigte, aber auch das versuchte sie zu verdrängen. Sie wollte nicht immer gleich an das Schlimmste denken, zu viel Phantasie reißt der Angst die Türen auf. Und was den Besuch betraf, hatte Hans-Günther vielleicht recht. Sie war lange genug ohne ihren Vater ausgekommen, eigentlich ging es doch nur darum, ihn irgendwie zu beschäftigen und das Wochenende hinter sich zu bringen. Und wenn er jetzt unbedingt die Freudenbergsche Villa sehen wollte, umso besser, ihr sollte es recht sein. Aber als sie dann mit dem Vater die Brachfläche mit dem merkwürdigen Denkmal erreichte, die Weberei selbst kannte sie nur vom Hörensagen, und Rottmann auf der Bank sitzen sah, dachte sie sofort an Rückzug. Sie wollte sich nicht noch einmal diesen Webervogel aufhalsen, andererseits, dachte sie, wenn sie ihm ihren Vater überließe, würde sie zwei Fliegen mit einer Klappe schlagen, die beiden wären beschäftigt, und sie hätte etwas Zeit gewonnen.

Rottmann saß da, als bemerke er ihr Kommen gar nicht, während Kramer schon von weitem mit fuchtelnder Hand auf sich aufmerksam zu machen suchte. Als er es bemerkte, war er selbst überrascht und verbot sich im letzten Moment einen Ruf. Bewegungslos, den Stock zwischen den Knien, darauf die Hände gefaltet, etwas steif, den Blick durch den Rauch seiner Zigarette starr geradeaus gerichtet, worauf auch immer, so saß Rottmann auf der Bank. Die Zigarette klemmte zwischen den Lippen, ohne dass er die Asche abstreifte, der verglühte Aschezylinder hatte schon eine erstaunliche Länge erreicht und war an der Spitze leicht gekrümmt. Wahrscheinlich war es wieder so ein albernes Spiel des Alten. Er saß da wie sein eigenes Denkmal. Ein alter Arbeiter nach

der Schicht, dachte Kramer, nein, wie eine Eule, die auf Beute wartet. Doch auch das störte ihn jetzt nicht. Das Wort Leseeule fiel ihm ein, so hatte ihn sein Vater manchmal genannt, mehr verächtlich als liebevoll, Leseeule, Bücherwurm, Leseratte, merkwürdig, mit welchen Tieren man das Lesen in Verbindung brachte. Schon wieder dieser Vogel, seufzte Tine, weißt du was, am besten, ich lasse euch eine Weile allein. Hm, machte Kramer. Keine schlechte Idee, dachte er und glaubte doch, ihr widersprechen zu müssen, wenigstens zum Schein. Sie waren stehengeblieben, Rottmann musste es bemerkt haben, drehte den Kopf aber trotzdem langsam in die andere Richtung, vielleicht weil er hoffte, sie so besser zu verstehen. Die Asche fiel auf seine Oberschenkel. Das wäre schade, sagte Kramer zu seiner Tochter, ich hatte gehofft, wir könnten noch ein bisschen miteinander reden. Können wir ja, heute Abend, sagte sie etwas verdutzt und schon im Gehen, heute Abend haben wir dafür noch genügend Zeit.
So schnell sieht man sich wieder, sagte Rottmann, der jetzt geradeaus starrte und Kramer keines Blickes würdigte. Ich hätte Tine nicht einfach so gehen lassen dürfen, dachte er und sah Rottmann von der Seite an, sah wieder dieses Vogelprofil, doch so still Rottmann auch saß, in seinem Gesicht war ständig etwas in Bewegung, ein Zucken um den Mund, ein kaum merkliches Zittern unterhalb des Auges. Oder lächelte er? Egal, das alles faszinierte ihn jetzt, doch

als er gerade im Begriff war, sich zu setzen, sagte Rottmann: Also los, gehen wir endlich!
Rottmann, der Umwege offenbar nicht nur beim Erzählen liebte, schlug einen anderen Weg ein als jenen, den Tine zur Freudenbergschen Villa hatte gehen wollen. Zur Freudenbergschen Villa führen viele Wege, hatte er behauptet und war zunächst zurück zum Dorfplatz gegangen. Dort blieb er vor dem ehemaligen Dorfkrug stehen, wo, wie Kramer feststellte, der Schattenzeiger des Kastanienstamms inzwischen ein Stück vorangerückt war. Ach ja, der Dorfkrug, rief Rottmann, als falle ihm der Dorfkrug erst in diesem Moment ein, als sei die Kneipe ihm plötzlich und unerwartet in den Weg getreten. Geschlossen, sagte Kramer. Geschlossen, schon lange, bestätigte Rottmann, aber früher ging's hier hoch her, Stammtische, Skatrunden, die Frauen mit ihren Kaffeekränzchen, und dann natürlich die Feuerwehrbälle, die Erntedankfeste und jedes Jahr der Tanz in den Mai. Albano und Romina Power, ich weiß, warf Kramer ein, aber jetzt hat sich's ausgepowert. Ich habe nur manchmal ein Feierabendbier hier getrunken, sagte Rottmann, meist im Stehen, eins oder zwei oder manchmal auch mehr, heute trinke ich kaum noch Bier, zu viel Flüssigkeit, die Blase, du verstehst, höchstens einen Korn, einen Korn oder einen Wodka, Hauptsache klar, wenigstens beim Trinken brauche ich Klarheit. Den Gasthof hat dann ein Holländer gepachtet und darin all die Möbel und den alten

Kram untergestellt, den sie damals auf den Dörfern aufgekauft hatten. Aufgekauft ist auch übertrieben, die Leute haben es denen ja hinterher geschmissen, die wollten das alte Zeug nicht mehr, die wollten was Neues, und als sie merkten, dass das Neue nur von Pappe war, war es zu spät, und der Holländer ist auch irgendwann weitergezogen, nach Polen wahrscheinlich, und irgendwann wird er in Sibirien sein. Immerhin, in Baumanns alter Scheune gebe es jetzt ein sogenanntes Getränkeparadies, dort sei, wie man höre, manchmal die Hölle los. Rottmanns Stock, der gerade noch eine imaginäre Polonaise im Dorfkrug dirigiert hatte, verortete Baumanns alte Scheune mit einer vagen Bewegung im Irgendwo. Früher hätten dort noch lange die Pferdekutschen und hölzernen Erntewagen gestanden, die riesigen Leiterwagen fürs Heu, groß wie ein Tanzsaal sei so eine Großbauernscheune, aber ans Tanzen denke heute keiner mehr, dafür gebe es dort keinen Ruhetag und keine Sperrstunde, man brauche nur zu klingeln und schon komme Bauer Baumann, der freilich längst kein Bauer mehr sei sondern eben Getränkehändler, komme also über den Hof geschlappt, auf dem übrigens eine hübsch bepflanzte Schubkarre stehe, sperre das große grüne Scheunentor auf, und jeder könne ins Paradies eingehen. Der Baumann sei zwar in der Schule nicht der Hellste gewesen, aber er sei ein Macher, Rechnen könne er und Geld rieche er meilenweit gegen den Wind, der habe schon immer gewusst, wie er seine

Schäfchen ins Trockene bringe. Dann kann er ja froh sein, dass die anderen im Dorf nicht trocken sind, spottete Kramer, um ein Getränkeparadies muss man sich da keine Sorgen machen. Um Baumann nicht, du kennst den Baumann auch nicht, ich aber kenne ihn, einer wie der fällt immer auf die Füße, sagte Rottmann, schon Baumanns Vater ist hier der Ortsbauernführer gewesen, er selbst dann ein großes Tier in der Kolchose, aber das waren andere Zeiten, na ja, die Zeiten ändern sich, aber einer wie Baumann scheißt immer auf den größten Haufen, der würde auch die Flaschen aus seiner Scheune räumen und ein Flüchtlingsparadies eröffnen, wenn es dafür mehr Kohle ... Plötzlich brach er den Satz ab, etwas schien ihm eingefallen zu sein, etwas, das mit dem Stumpf der Kastanie zu tun haben musste, auf den er nun starrte, während er mit seinem Stock immer wieder auf dem Boden scharrte und dabei über den Schatten wischte, als könne er ihn ausradieren.

Ich muss dir jetzt mal etwas sagen, worüber du dich vielleicht wundern wirst, sagte er nach einer Weile, also aufgepasst, die Sache, sagte er, ist die, eigentlich geht es den Leuten zu gut. Aber ich dachte ..., gab sich Kramer verblüfft. Ich kann mir schon denken, was du gedacht hast, fiel Rottmann ihm ins Wort, einer wie der Webervogel, hast du gedacht, das ist bestimmt ein Schluckspecht, den kann man ruhig zwitschern lassen, den muss man nicht ernst nehmen, der Alte hat ohnehin einen Vogel, aber ich sage dir, den Leuten geht es zu gut, auch wenn sie sich vernachlässigt fühlen, werden sie doch gehätschelt und verwöhnt, die Wohlfahrtsverbände reden ihnen ein, dass sie arm seien, arm, dass ich nicht lache, die Leute kennen die schlechten Zeiten nicht mehr, unsereiner kennt die schlechten Zeiten noch, nach dem Krieg, da waren wir wirklich arm. Aber mit dem Wohlstand wächst ihre Unzufriedenheit, weil sie den Wohlstand zu ihrem neuen Glauben erhoben haben, alle wollen, dass es ihnen immer besser geht, alle wollen sich gegenseitig überbieten, aber es gibt dann trotzdem welche, denen es noch besser geht oder die ihren Wohlstand bedrohen. Kramer sah ihn ungläubig an. Aber die Leute sind jetzt frei, sagte er und griff dabei nach seiner Tasche mit dem Buch, als müsse er sich seiner vergewissern, und tatsächlich kam es ihm vor, als trage er das Buch nicht nur bei sich, sondern halte sich daran fest. Frei wie ein Vogel, meinst du? Frei eben, sagte Kramer. Papperlapapp, erwiderte Rottmann, die Unsicherheit der letzten Jahrzehnte, das bekommen die Leute nicht aus dem Kopf, all die Demütigungen und Erniedrigungen, das geht nicht einfach so weg, das ist wie ein Phantomschmerz, und auch wenn es ihnen gut geht, sie sind misstrauisch geworden, und statt Hoffnung zu schöpfen, macht ihnen alles Angst, sie fühlen sich überfordert und viel zu schwach. Freiheit?, davon wird doch viel und gern gefaselt, oh ja, Freiheit klingt gut und vielleicht steht die Käfigtür auch offen, aber für die meisten ist die Freiheit eine Zumutung wie die Ewigkeit oder die Unendlichkeit, der Mensch aber braucht etwas, woran er sich halten kann. Den Dorfkrug?, fragte Kramer und bereute seine Frage sofort. Aber Rottmann blieb ganz ruhig, da war nur wieder dieses Zucken um die Augen, ein winziger Blitz, der sein Gesicht genau in dem Moment durchfuhr, als er Kramer kurz ansah. Dem schien es, als zwinkere der andere ihm zu, doch es blieb die gleiche Verunsicherung, die sich einstellt, wenn der Blick eines Schielers den eigenen verfehlt. Du siehst ja, wir haben keinen Dorfkrug mehr, fuhr Rottmann ungerührt fort, aber der Stammtisch ist jetzt überall, es wird gemeckert und lamentiert, und jeder weiß sowieso alles besser, aber ich fürchte, irgendwann wird ihnen dieses Meckern und Motzen nicht mehr reichen, und dann wird's hier gewaltig krachen.

Hier, sagte Rottmann plötzlich und zeigte mit der Hand ins Leere. Als Kramer nicht begriff, verzog er den Mund, schob die Brauen nach oben und klopfte mit dem Stock ungeduldig gegen den Stamm, hier, sagte er noch einmal, unter der Kastanie haben sich die Männer im April 1945 gesammelt, um das Dorf gegen die Russen zu verteidigen. Das letzte Aufgebot, der sogenannte Volkssturm, der aber nur ein laues Lüftchen war, ein letzter Furz. Und richtige Männer waren es auch nicht, nur eine Hand voll Greise mit tropfenden Nasen, zwei von ihnen mit einem daumenbreiten Schnauzer über der Oberlippe, ich sehe sie noch vor mir, die halbe ehemalige örtliche Turnerriege, frisch, frei, fröhlich, fromm, nun aber zitterten ihnen die morschen Knochen, nur einem nicht, wie hieß der gleich, der hatte nämlich ein steifes Bein, ein Andenken an den Weltkrieg Nummer eins, Krüger hat er geheißen, der Krüger Max mit dem steifen Bein. Und dann die Jungen, bei denen es nicht einmal für ein Bärtchen reichte wie bei meinem Bruder, der damals gerade sechzehn war. Ich war ja ein Nachzügler, zehn Jahre jünger als er und saß genau dort. Rottmann fuchtelte mit dem Stock, der einen Halbkreis beschrieb, Kramer stolperte erschrocken zwei Schritte zurück, dann zeigte die Spitze auf eine von Holunder und Brennnesseln umgebene Granitmauer, die den Dorfkrug mit einem flachen, langgestreckten Seitengebäude verband, einer Kegelbahn wahrscheinlich. Dort auf der Mauer habe ich gesessen, obwohl die Mutter es mir verboten hatte. Vor dem ersten Gewitter des Jahres darf man sich nicht auf die Steine setzen, hatte sie gewarnt, dabei war der Gewitterdonner lächerlich im Vergleich zum Dröhnen der Geschütze, aber mit solchen Weisheiten, glaubte sie noch immer, komme man durchs ganze Leben. Da saß ich also, die Bommelmütze tief über die Ohren gezogen, habe mit den Beinen gebaumelt und mir einen kalten Hintern geholt, wie mein Vater, von dem es hieß, er friere sich in Russland den Arsch ab, während das letzte Aufgebot sich die Joppen zuknöpfte und die Mützen zurechtrückte, sich die Gurte der Karabiner über die Schultern warf, Gurte aus der Freudenbergschen Fabrik vielleicht, und manche hatten sogar Panzerfäuste, deren Geschosse den Knospen der Kastanie ähnelten, die damals schon kurz vor dem Aufplatzen waren. Sie standen noch eine Weile herum, gestiefelt und mit ernsten Mienen, in der Ferne donnerten ja schon die Geschütze. Die Alten fachsimpelten miteinander, und einer stopfte sich noch eine Pfeife, die Jungen zupften verlegen an ihren Armbinden herum, und dann fragte plötzlich jemand, wo denn der Freudenberg sei, denn auch der war ja bisher nicht eingezogen worden, aber der Freudenberg fehlte und keiner ahnte, dass der Freudenberg gerade begann, seine Kinder in den Himmel der Webstühle zu hängen, vielleicht mit Hilfe seiner Frau, die, wie man sich erzählte, immer so stolz auf ihr Mutterkreuz gewesen war. Und schließlich gab einer den Befehl zum Aufbruch, und in der Kastanie flogen die Krähen auf, dann schlurften sie los und waren bald verschwunden, es war das letzte Mal, dass ich meinen Bruder lebend gesehen habe, wenig später nämlich war er im Arsch und lag mit einem Bauchschuss im Straßengraben. Rottmann fuhr sich mit der Hand übers Gesicht, als wische er eine Spinnwebe weg. So, sagte er dann, und nun zeige ich dir endlich die ehemalige Freudenbergsche Villa.

Eine Weile gingen sie schweigend, nur Rottmann murmelte vor sich hin, doch wie schon gestern waren seine Worte nur schwer zu verstehen und schienen eher Selbstvergewisserung als Erklärung zu sein. Da hinter dem Fenster habe sich die Werkstatt des Schusters befunden, hier habe man eine alte Obstplantage abgeholzt, dort habe sich der Bussemer mit einer Schrotflinte umgebracht, worüber er, Rottmann, nicht überrascht war, ein merkwürdiger Mensch dieser Bussemer, eigentlich ein tüchtiger Tischler, soll aber Vegetarier gewesen sein und wohl auch sonst etwas verwirrt. Das Haus da, Rottmann zeigte auf ein frisch verputztes Einfamilienhaus mit Solarzellen auf dem Dach, habe übrigens der Sohn eines ehemaligen Kollegen gebaut, Held der Arbeit der Vater, der Sohn bei der Genossenschaft, und als er fertig war mit dem Haus, sei ihm die Frau davongelaufen, wahrscheinlich in den Westen. Erst als ein Hofhund sie verbellte, wandte er sich direkt an Kramer. Das muss deinetwegen sein, mich kennt das blöde Vieh. Und wollte nun auf den Hund zugehen und beweisen, dass das Vieh ihn wirklich kannte, doch Kramer glaubte es auch so und hielt ihn zurück. Der Köter, ein mächtiges Tier mit glattem schwarzem Fell, war quer über den Hof gerannt, die rasselnde Kette dabei übers Pflaster schleifend, bis die ihn zurückzerrte, er sich aufbäumte, sich wild hin und her warf, so dass die Kette durch die Luft peitschte, sich immer wieder spannte und ihn würgte, worauf sein Kläffen jedes Mal in einem Röcheln erstarb. Speichelfäden hingen schaukelnd an seinen Lefzen. Erst nach einigen Versuchen gab er auf, fletschte knurrend die Zähne und zog sich dann winselnd zurück. Kramer bemühte sich, langsam zu gehen, sich dem von Rottmann angeschlagenen Tempo anzupassen, nur wenn der unvermittelt stehen blieb und auf seinen Stock gestützt einige Augenblicke verschnaufte, war er ihm zwei, drei Schritte voraus. Bei einer dieser kurzen Pausen standen sie vor einem kleinen eingeschossigen Haus mit einem großen Garten, in dem ein Feuer mehr qualmte als brannte. Ein Mann, dessen Gruß Rottmann durch lässiges Heben seines Stockes mehr abgetan als erwidert hatte, warf die belaubten Äste und Zweige eines Obstbaums in die spärlichen Flammen, die unter der feuchten Last zu ersticken drohten, nur wenn er die obere Schicht des Haufens mit einer Gabel anhob, schlugen sie wieder hoch und wirbelten Funken in die Luft. Die Explosion!, rief Rottmann. Obwohl die Fenster geschlossen waren, hätte er die Explosion gehört, die Wucht der Detonation habe die Scheiben erzittern lassen. Ein Granateneinschlag also, dachte Kramer, der in Gedanken noch immer bei der abziehenden Kolonne des Volkssturms war, eine Granate musste Rottmanns Bruder zerfetzt oder ein Splitter ihn tödlich getroffen haben. Aber nicht zum ersten Mal war er nicht sicher, über welche Zeit Rottmann eigentlich sprach, über welches Jahrzehnt, immer wieder war ihm aufgefallen, dass sich die Erinnerungen übereinander schoben, dass sie sich zu einem einzigen Ereignis zusammenballten und verklumpten und dass dieser Klumpen nicht mehr zu entwirren war, oder nein, es war ein starker Gurt, aus dem sich kein einzelner Faden lösen ließ, es war Rottmanns Leben. Und wie sollte er selbst dieses Knäuel, das sein eigenes Leben war, so entfilzen und einen einzelnen Faden herauslösen, dass er ihn für Tine verständlich entrollen konnte, und selbst wenn das gelänge, wäre das Ergebnis nicht genauso vage und untauglich wie die Versuche, den Inhalt eines Romans auf ein paar Zeilen Katalogtext zu reduzieren? Wie oft war er diesen Texten, die er im Hinblick auf mögliche Bestellungen für die Bibliothek zu lesen hatte, nicht schon auf den Leim gegangen, hatte sich von den verheißungsvollen Sätzen blenden lassen, die er doch längst durchschaut zu haben glaubte, fragte sich Kramer, während Rottmann unbeirrt weiterredete, als müsse er eine Last auf mehrere Schultern verteilen. Das halbe Dorf habe sich das Schauspiel damals nicht entgehen lassen, die Leute hätten sich hinter der Absperrung gedrängt und Maulaffen feil gehalten, sagte er, er aber habe in seiner Wohnung gehockt, zuerst die Tür verriegelt und die Vorhänge zugezogen, dann auch die Fensterläden geschlossen, trotzdem habe einer seiner ehemaligen Kollegen ihn abholen wollen und Sturm geklingelt, nein, dieses Drama habe er sich nicht auch noch ansehen müssen, aber natürlich habe er sich trotz der Dunkelheit in seinem Zimmer dann alles genau vorgestellt, man kenne das aus dem Fernsehen, denn meist sei bei solchen Sprengungen auch das Fernsehen zugegen. Und dafür, schimpfte Rottmann, zahlt man auch noch Gebühren! Erst also der Knall der Explosion, dann ein schrecklicher Moment der Stille, und dann, wenn man schon glaube, es sei etwas schiefgegangen ... Der Schornstein der Weberei ist jedenfalls, wie von allen erwartet, wenn nicht sogar ersehnt, krachend in sich zusammengesunken. Ah! und Oh!, haben die Leute geschrien, die Staubwolke hat sich auf die Gaffer zugewälzt, sagte Rottmann, hat sie eingehüllt und ist in ihre offenen Mäuler eingedrungen, hat ihnen den Atem genommen, und als sie dann wieder aufgetaucht waren, den Staub heruntergeschluckt und die Kleider abgeklopft hatten, was meinst du haben sie getan? In der Zeitung stand am nächsten Tag, sie hätten applaudiert und von einer technischen Meisterleistung gesprochen! Du wirst es kaum glauben, sie haben tatsächlich ihrem eigenen Untergang applaudiert! In diesem Augenblick musste Kramer gähnen, die letzte Nacht forderte ihren Tribut, und obwohl er sich bemühte, das Gähnen zu unterdrücken, die Lippen fest aufeinanderpresste, musste Rottmann das leichte Zittern des Unterkiefers bemerkt haben. Langweile ich dich? Kramer schüttelte den Kopf. Ich langweile dich, ich weiß, dass ich dich langweile, aber das ist mir egal, sagte Rottmann und schien tatsächlich weder erbost noch enttäuscht, er wandte sich nur ab und ging einfach weiter. Kramer blieb noch eine

Weile stehen, er sah dem Alten hinterher und hätte ihn jetzt einfach gehen lassen können, doch plötzlich tat er ihm leid, und noch bevor Rottmann in dem dichten Qualm, der sich gerade aus dem Garten über die Straße wälzte, zu verschwinden drohte, ging er ihm hinterher.

7

Das letzte Stück gingen sie durch die Pappelallee, die Kramer schon gestern aus der Ferne gesehen hatte. Die Freudenbergsche Villa hielt sich lange hinter einem dichten Gewirr von Sträuchern und Parkbäumen versteckt, erst als sie einen Zaun erreicht hatten und an ihm entlang die Villa ein Stück umrundeten, zeigte sie sich Stück für Stück, während Rottmann seinen Stock über die Holzlatten des Zaunes rattern ließ. Ein verwinkelter Giebel hier, da ein Stück Fassade, mal von Efeu dunkel überrankt, mal weiß leuchtend, aus dem urwaldartigen Grün blitzten einzelne Fensterscheiben auf, die dann eine breite Front bildeten. In Gedanken setzte Kramer das Bild aus diesen Puzzleteilen zusammen, die Villa bestand wohl aus mehreren Trakten und musste eine Mischung aus der ins Operettenhafte gesteigerten Verspieltheit eines Forsthauses und der radikalen Nüchternheit eines Bauhausgebäudes sein, alles in allem ein den Geschmack und die Geltungssucht des alten und neuen Besitzers vereinigender Bastard. Erst als sie das Ufer des Parkteiches erreicht hatten und eine breite Schneise den Blick freigab, zeigte sich das Haus in seiner ganzen Gestalt und, gespiegelt im Wasser des Teiches, sogar doppelt. Sieh dir das an mein Lieber, sagte Rottmann, der pure Luxus. Jetzt nennt er dich also schon mein Lieber, dachte Kramer und sah sich das Haus widerwillig an. Die weißen Säulen vor dem Eingang täuschten Marmor sicher nur vor, nach antikem Vorbild, und die wegen der Entfernung nicht genau zu erkennenden Tierfiguren, die auf flachen Sockeln die Treppe flankierten, schreitende Löwen wahrscheinlich, schienen aus Beton zu sein. Kramer hatte sich schon oft gewünscht, dass die Namen der Architekten an allen Gebäuden durch eine kleine Tafel kenntlich gemacht seien. Die Villa mochte ein Bastard sein, doch etwas überstrahlte diesen architektonischen Zwitter, irgendetwas ging von dem Haus aus, das er zunächst nicht benennen konnte, dann aber fiel es ihm ein. Die Freudenbergsche Villa protzte mit einem Selbstbewusstsein, das man arrogant nennen konnte, das aber genügte, die Villa durch ihre bloße Existenz ins Recht zu setzen. Kramer dachte an seinen Chef.

In der Mitte des Teiches trieben Seerosenblätter, seitlich tunkte eine Trauerweide ihre Zweige in den Spiegel, an einer Espe zitterte das silbrige Laub. In Ufernähe, am Schilfrand, ein Glucksen, vielleicht von einem springenden Fisch, ein dumpfer Ton, der in der Stille lange nachhallte. Zwei Libellen kreisten über dem leicht faulig riechenden Wasser, irisierend wie der Pulli, den Tine gestern getragen hatte. An der Stelle des Abflusses reichte der Schwanenteich, wie Rottmann ihn genannt hatte, bis an den Zaun heran, und vom schmalen Steg aus sah Kramer, dass das dunkle Wasser, das aus der Entfernung eine abgründige Tiefe vorgetäuscht hatte, ganz flach und klar war, man konnte das versunkene Laub vom letzten Herbst auf dem Grund erkennen, das dem Wasser eine merkwürdige Farbe gab, etwas zwischen Gold und Rost. Und dann merkte er, wie ihre schräg und leicht verzerrt vor ihnen liegenden Schatten das Wasser an diesen Stellen wieder schwarz und undurchdringlich machten, sah, wie Rottmanns Schatten neben dem seinen stand und er nun den Stock über den Riegel des Zaunes hängte, zwischen zwei Latten, nach denen er dann mit beiden Händen griff, sah, wie der Schatten dabei auf der Wasseroberfläche zitterte. Geht's dir nicht gut, fragte Kramer besorgt. Wie man's nimmt, gut ist immer relativ, na ja, das Zaunfeld gehört eigentlich mir, sagte Rottmann und wartete, wie Kramer darauf reagieren würde. Der tat, als habe er nichts gehört, aber sein ungläubiger Blick verriet Rottmann, dass der andere auf eine Erklärung wartete. Nun, im Grunde ist es ganz einfach, begann der Alte, das alles hier war einmal Volkseigentum, die Fabrik, die Villa, der Teich, einfach alles, also auch der Zaun, das alles gehörte einmal uns, dem Volk. Und als dann die Treuhand die Verwaltung übernahm, da habe ich meine Rechnung aufgemacht, das geschätzte Volksvermögen durch die Einwohnerzahl, das hätte doch für jeden mindestens ..., was weiß ich, so ein Zaunfeld zum Beispiel wäre bestimmt rausgesprungen. Keine schlechte Vorstellung, sagte Kramer lachend, aber ich hätte mir bestimmt kein Zaunfeld ausgesucht. Ich sagte doch, zum Beispiel, von mir aus auch, sagen wir mal..., ich wäre auch mit einer kleinen Nadelwebmaschine zufrieden gewesen, dann hätte ich noch ein paar Jahre arbeiten können wie einst mein Großvater, der einen Webstuhl im Haus hatte. Bei dem Wort Nadelwebmaschine lächelte Rottmann kurz und mit der Überheblichkeit eines Mannes, der um Zweck und Funktion einer solchen Maschine wusste und dieses Wissen für einen unverzichtbaren Vorteil hielt. Aber nichts, nichts haben wir bekommen, gar nichts, nicht einmal eine beschissene Latte von diesem Zaun! Zugegeben, viel wäre damals aus dieser Hütte nicht rauszuholen gewesen, sagte Rottmann. Der Zorn war jetzt aus seiner Stimme verschwunden, er sprach mit einer diebischen Freude. Bald nach Freudenbergs Freitod haben die Leute aus dem Dorf die Enteignung dieses Kriegsgewinnlers in die eigene Hand genommen, der hatte ja aus Angst vor den Russen seine Erben gleich mit entsorgt. Kaum zu glauben, was sie alles herausgeschleppt haben aus der Fabrikantenvilla, Stühle, Tische, Teppiche und Schränke, Geschirr, Bilder und all den Nippes, den keiner von ihnen wirklich brauchte, aber sie waren wie im Rausch, mein Vater, der gerade aus Russland zurückgekommen war, natürlich immer vorneweg, er hat mir sogar etwas mitgebracht, ein Feuerwehrauto aus Blech! Davon hatte ich schon immer geträumt und deshalb auch große Augen bekommen, aber gespielt habe ich damit kaum, denn jedes Mal, wenn ich die Drehleiter ausfuhr und die Feuerwehrmänner hinaufklettern ließ, musste ich an den Jungen denken, dem das Feuerwehrauto einmal gehört und der dann oben am Webstuhl gehangen hatte. Die Aufzählung hatte Kramer aufhorchen lassen. Schränke?, fragte er. Alles was nicht niet- und nagelfest war, die Erwachsenen waren abgebrühter als ich, sagte Rottmann, manches flog gleich auf den Müll, anderes wanderte in die Scheunen und auf die Dachböden und wurde später an die Holländer verkauft. Deiner Tochter habe ich erst kürzlich das letzte von Vaters Beutestücken verhökert, ein schönes Stück, sicher viel zu billig, aber was soll's, ich bin froh, dass das alles weg ist, einen Kronleuchter habe ich gespendet, der hängt jetzt in der Kirche, du hast ihn ja gesehen. Dann betet man hier also unter einem geplünderten Kronleuchter, bemerkte Kramer. Mein Gott, stöhnte Rottmann, was meinst du denn, wo der ganze Reichtum herkommt, gerade der der Kirche, von Barmherzigkeit und Nächstenliebe bestimmt nicht, und überhaupt, geplündert, was heißt denn geplündert, der Freudenberg war doch längst tot und außerdem hatte das Volk über die Enteignung abgestimmt, damals hatten wir wenigstens noch eine Demokratie, geplündert hat doch erst die verdammte Treuhand, als sie unsere Weberei für einen Appel und ein Ei verscherbelt hat. Und als alles runtergewirtschaftet war, hat sich dieser Wessi die Villa aus der Konkursmasse unter den Nagel gerissen. Die Sanierung haben natürlich Polen gemacht, das können sie, die Polen, dafür haben sie ein Händchen, obwohl man sonst ihren langen Fingern nicht trauen kann. Meier-Störzenecker, was das schon für ein Name ist, aber noch schlimmer als sein Doppelname ist sein Doppelleben, angeblich Rechtsanwalt, macht aber jetzt, wie man hört, in Immobilien, ich frage mich, was das für eine merkwürdige Berufskombination ist, aber wen wundert das noch, mich nicht, mich wundert gar nichts mehr, manche unserer einstigen Aktivisten machen jetzt in Aktien, und unser ehemaliger Betriebsparteisekretär verschachert Versicherungen, gestern rote Socke, dann ein blauer Brief, und heute verdient er sich eine goldene Nase, das nenne ich eine bunte Karriere. Rottmann spuckte verächtlich in den Teich. Kramer starrte auf die weiße Schauminsel und die sich in Ringen ausbreitenden Wellen, Rottmanns Bemerkungen über die Karriere hatten ihn verwirrt, er musste an die Wortspiele mit seiner Tochter denken und fragte sich, ob auch Rottmann eine Tochter habe oder ob es wenigstens eine Frau Rottmann gibt oder gab, wagte aber nicht zu fragen. Trotzdem, sagte Rottmann, mich würde interessieren, was sich hinter diesen Fenstern abspielt, etwas Gutes bestimmt nicht, der heckt doch bestimmt wieder eine Schweinerei aus, ich jedenfalls traue dem alles zu. Er spähte mit zusammengekniffenen Augen über den Teich Richtung Villa. Jetzt, sagte er, müsste man einen Feldstecher haben, denn der Staat kneift bei solchen Typen die Augen zu, die können sich alles erlauben, Steuerhinterziehung, Subventionsbetrug, was weiß ich, denen werden die Gesetze doch auf den Leib geschrieben. Fährt übrigens so einen riesigen Geländewagen, als seien wir eine Kolchose in der Walachei und hätten keine befestigten Straßen, aber denkste, erst kürzlich hat unser Bürgermeister dem die Zufahrt neu asphaltieren lassen, von unseren Steuergroschen natürlich. Die Schule fällt fast zusammen, aber der feine Herr bekommt eine neue Zufahrt! Im Vergleich zu dem hatte selbst der Freudenberg noch Anstand. Er, so Rottmann weiter, habe gegen die vollkommen unsinnige Asphaltierung dieser Straße prozessieren wollen, notfalls durch alle Instanzen, aber gegen einen Meier-Störzenecker könne man natürlich keinen Prozess gewinnen, weil Meier-Störzenecker und Konsorten den Rechtsstaat längst unterhöhlt und zu ihren Gunsten zurechtgebogen hätten. Aber ..., versuchte Kramer einen Einwand. Nichts aber, jetzt pass mal auf, sagte Rottmann triumphierend und schubste Kramer dabei leicht mit der Schulter an, jetzt pass mal genau auf. Nun starrte auch Kramer auf die Villa, versuchte irgendeine Veränderung zu erkennen, doch nichts, und dann hörte er das Plätschern, sah, wie sich das Wasser sich zu seinen Füßen in Kreisen wellte, und da endlich begriff er, Rottmann pisste durch den Lattenzaun in den Teich der Freudenbergschen Villa.

Kramer wusste nicht, was er sagen sollte, und Rottmann, der nun leicht in die Hocke ging und mit merkwürdig verdrehten Armen ohne Eile und vollkommen ungeniert seine Hose zuknöpfte, schien nichts von ihm zu erwarten. Am Montag, dachte Kramer, werde ich wieder in der Bibliothek sitzen. Plötzlich hatte er Sehnsucht nach seinem ruhigen, etwas abseits vom Besuchertrubel gelegenen Arbeitszimmer, das er sein Kabuff nannte, obwohl es ein Fenster hatte, ein kleines Fenster allerdings, von dem man in einen Hinterhof sah. Er sehnte sich nach seinem Schreibtisch, wo alles seinen festen Platz hatte und an der Wand ein mit Wasserfarben gemaltes Kinderbild von Tine hing, das ein Haus zeigte, ein blaues Haus unter einer gelben lachenden Sonne und daneben einen Kirschbaum mit viel zu großen roten Früchten, wie er im Garten seines Vaters gestanden hatte, nur eben mit kleineren Früchten. Die Komfortzone der Bibliothek nannte sein Chef dieses Zimmer, aber nur, wenn er gut gelaunt war, war er gestresst, schimpfte er über die Faultierfarm. Anders als er seiner Tochter gegenüber behauptet hatte, suchte er diesen Raum manchmal sogar am Wochenende auf, wenn auch nicht aus Pflichtgefühl oder wegen liegengebliebener Arbeit, sondern weil er nichts anderes hatte und sich zu Hause langweilte. Und wahrscheinlich auch, das begriff er jetzt, weil ihn dieser Raum vor den Zumutungen der Realität schützte. Das alles war durch den Umzug, in dessen Folge die Arbeit der Bibliothek neu strukturiert und die Zimmer neu aufgeteilt werden sollten, bedroht, und auch wenn es lächerlich war, er fürchtete sich vor diesem Verlust. Mit Grauen dachte er an den Neubau, diesen zum Großteil in den Boden versenkten Betonquader, diesen klimatisierten Bunker, in dem es nur künstliches Licht gab, kaum zu glauben, dass ihn Höhlen einmal begeistert hatten. Was bliebe, wären freilich die Bücher. Aber so viel er auch gelesen hatte, und es waren keine schlechten Bücher gewesen, war es nicht doch vergebliche Mühe? Das Ergebnis jedenfalls schien ihm untauglich, den Litaneien Rottmanns etwas entgegenzusetzen. Und was sollte er denen sagen, die in der Kleingartensparte die Reichskriegsflagge gehisst hatten, diesen, wie er annahm, zornigen jungen Männern? Er kam sich kläglich vor, das Wort Bücherwurm fiel ihm ein, und dann dachte er, während Rottmann erneut nach seinen Stock griff und sagte, dass er ihm nun unbedingt noch schnell die Freundschaftsecke zeigen müsse, an das alte Konversationslexikon, in dem er tatsächlich einmal einen Bücherwurm gefunden hatte, oder zumindest dessen Spur, im achten Band, er erinnerte sich noch genau. Wie bei einem wurmstichigen Apfel gab es an der unteren Seite des Schnittes ein Loch, die Öffnung zu einem Gang, der die Seiten durchbohrt hatte und sich, wenn man das Buch an einer bestimmten Stelle aufschlug, als ein langgezogener, leicht gekrümmter Graben zeigte, der in der Mitte der Seite abrupt endete. Höhlen und unterirdische Gänge hatten ihn damals fasziniert, und er erinnerte sich daran, dass er, als er die Stelle in der Bibliothek antrat, den Plan gehabt hatte, ein Buch darüber zu schreiben, eine Art Kulturgeschichte der Höhlen als Fluchtpunkt und Rückzugsort. Doch je mehr Material er gesammelt hatte, von den Höhlen der Steinzeit über Matera, die unterirdischen Städte in Kappadokien und Hitlers Wolfsschanze bis zu den modernen Bunkern, in denen das Wissen der Welt auf Mikrofilmen für die Ewigkeit bewahrt werden soll, je mehr Material er also zusammengetragen hatte, über Bergwerksstollen auch und Luftschutzkeller, denn ihm schwebte eine Universalgeschichte der Höhlen vor, desto mehr verlor er den Mut, er hatte das Projekt lange vor sich hergeschoben und sich angesichts der vielen Bücher um sich gefragt, wer denn eine Geschichte der Höhlen brauche, selbst wenn es eine Universalgeschichte wäre. Und irgendwann hatte er das Projekt aus den Augen verloren, jetzt wusste er nicht einmal, ob es all die Mappen mit seinen Aufzeichnungen noch gab. Vielleicht ist es besser, etwas nicht zu beginnen, als etwas nicht zu vollenden, hatte er damals gedacht und gebannt auf dieses Konversationslexikon gestarrt, durch dessen Seiten sich der Bücherwurm gefressen hatte, immer tiefer, bis der Gang in einer tropfenförmigen Verdickung endete. Der Gang endet im Nichts, hatte er gedacht, vielleicht hatte der Wurm noch versucht zu wenden, doch dann musste er nach der Metamorphose verreckt sein, zwischen den Seiten hatten die Reste von Flügeln geklebt. Es sei kein Umweg, beteuerte Rottmann, jedenfalls kein großer. Was? Kramer, aus seinen Gedanken gerissen, starrte ihn fragend an. Den Weg zur Freundschaftsecke meine ich, es ist kein großer Umweg.

Die Freundschaftsecke erwies sich dann als gewöhnliche Kreuzung, als halbe eigentlich nur, denn die Dorfstraße mündete hier in die Durchfahrtsstraße, auf der Kramer gestern mit dem Bus gekommen war, spaltete sich aber vorher auf, so dass zwischen den Fahrbahnen ein Dreieck entstanden war, in dessen Mitte ein riesiger Ahornbaum stand. Daneben, zwischen Rabatten blauer Zwergastern, thronte ein hochkant aufgestellter Granitquader, wahrscheinlich der Sockel eines ehemaligen Denkmals. Das also, sagte Rottmann, ist unsere Freundschaftsecke, das war sie jedenfalls, und erklärte, dass auf dem Sockel einmal das Symbol der Deutsch-Sowjetischen-Freundschaft gestanden habe, zwei wehende, sich überlappende Fahnen, in Holz geschnitzt und bunt bemalt. Die Rabatten seien von flachen Buchsbaumhecken gerahmt gewesen und hätten die Form eines Sowjetsterns gehabt, und jedes Jahr am 8. Mai hätten die jungen Pioniere hier Blumen niedergelegt und des Tages der Befreiung gedacht, und auch die Demonstrationen eine Woche davor hätten über viele Jahre hier ihren Anfang genommen, um dann, an der Kirche vorbei, bis zum Sportplatz zu führen.

Heute pflanze man keinen Buchsbaum mehr an, was er mit dem Auftauchen des Buchsbaumzünslers erklärte, der Buchsbaumzünsler habe den Stern welken lassen. Alle paar Jahre tauche ein neues Ungeziefer auf und raffe etwas dahin, die Kastanien, den Buchsbaum, irgendwer müsse sich das doch ausdenken. Und genau dort, sagte er plötzlich und zeigte dabei mit dem Stock auf eine Stelle des gegenüberliegenden Straßengrabens, dort rechts neben dem Leitpfosten hat es meinen Bruder damals erwischt. Gerade mal sechzehn war er, und dann das. Bauchschuss, sagten zumindest die einen, ein Treffer in den Rücken behauptete der Krüger Max, ich weiß es nicht, keiner, den ich gefragt habe, konnte sich genau erinnern, und der Krüger mit seinem steifen Bein ist ja auch bald gestorben, Blutvergiftung, zwei Kriege hat er überlebt und dann ein rostiger Nagel, und aus war's, oder war es doch Diabetes? Na egal, wir sind alle irgendwann dran. Aber über die Stelle waren sich alle einig, behauptete Rottmann, dort im Straßengraben, rechts neben dem Leitpfosten, den es damals aber noch nicht gab, auf jeden Fall war er tot. Und tot lag er dann bei uns in der Küche, auf dem Rücken hat er gelegen, wenn du mich fragst, ein Bauschuss war das nicht. Er habe überlegt, an dieser Stelle ein kleines Holzkreuz aufzustellen, ein kleines Holzkreuz mit einem Strauß Plastikblumen davor, wie es bei Unfallopfern üblich sei, aber er sei davon abgekommen, denn er wolle nicht, dass man seinen toten Bruder für einen üblichen Verkehrstoten halte. Der Ahorn hatte damals vielleicht schon zu grünen begonnen, sagte er, als sie gerade in den dichten Schatten des Baumes getreten waren, auf jeden Fall war die Krone noch licht, so dass die Sonne durch sie schien, die Zweige haben sich womöglich bewegt, leicht nur, so dass ein goldenes Flimmern entstand, ich jedenfalls fände es tröstlich, wenn dies das letzte Bild vor den Augen meines Bruders gewesen wäre, sagte Rottmann. Und hätte am liebsten vorgemacht, wie sein Bruder im Straßengraben gelegen haben könnte, das Flimmern der Zweige vor Augen, doch da legte ihm Kramer die Hand auf die Schulter und hielt ihn zurück. Das war's dann, sagte Rottmann. Und das war's wohl auch an diesem Tag, denn plötzlich hatte er es eilig. Kramer habe sicher noch eine Menge vor, er jedenfalls mache sich jetzt vom Acker. Sagte es und ging ohne ein Wort des Abschieds davon. Kramer sah ihm hinterher, in Rottmanns Gang war jetzt ein schwerfälliges Wogen, bei jedem Schritt stützte er sich auf den Stock, ohne dessen Hilfe er sich kaum aufrecht gehalten hätte, aber auch so sah es aus, als könne er jeden Moment zusammenbrechen und in den Straßengraben rutschen.

8

Als Kramer am frühen Abend die Schmiedegasse zum Haus seiner Tochter hinaufging, ließ er den Stängel einer Zwergaster zwischen den Fingern rollen. Er hatte die Blume an der Freundschaftsecke gepflückt, weil er beim Gehen gern etwas in den Händen bewegte, es hätte auch ein Grashalm sein können oder ein Ahornblatt. Die Sonne stand schon tief, ihr Licht fiel durch die nur noch spärlich belaubten Kronen der alten Apfelbäume am Straßenrand. Manche der knorrigen Äste waren schon kahl, an anderen Stellen wucherten wilde Triebe in dichtbelaubten Büscheln, ein letztes Aufbäumen vor dem nahenden Tod, die Früchte waren so klein, dass man sie für Zieräpfel halten konnte, wie er sie in einigen Vorgärten gesehen hatte, an Zwergbäumen hängend. Aber selbst normale Äpfel wären viel kleiner gewesen als die Kirschen, die Tine als Kind gemalt hatte. Kramer nahm sich vor, ihr von diesem Bild in seinem Zimmer zu erzählen und hoffte, es würde sie freuen. Einige Äpfel lagen auf der Straße, in der Fahrspur zu Brei zermahlen, andere im Gras, ein Falter, die Flügel langsam auf- und zuklappend, hatte seinen Rüssel ins faulende Fruchtfleisch getaucht, dann flog er in einem heiter wirkenden Zickzackflug davon. Auf dem Feld stand einsam ein Pfahl mit einem kurzen Querholz an der Spitze, ein Hochsitz für Bussarde, dessen Schatten bis an den Straßenrand reichte, während die Schatten der Bäume wie dunkle Teppiche auf der Straße lagen, von hellen zitternden Flecken durchwirkt. Als Kramer sie betrat, sah er das goldene Flimmern des Lichts in den schütteren Kronen und musste an Rottmanns Bruder denken und fragte sich, wie lange er seinen Bruder nicht mehr gesehen hatte und ob er ihn vermisste. Und ihn selbst? Kramer fiel niemand ein, der ihn vermissen würde. Rottmann vielleicht, dachte er, dass der Alte ohne ein Wort des Abschiedes gegangen war, erschien ihm nun wie eine Drohung, der würde wiederkommen, doch auch er hatte es nun eilig und wollte vor allem nicht mehr an Rottmann denken. Das Buch in seiner Tasche wurde ihm plötzlich schwer. Er dachte an die Demonstrationszüge im Herbst neunundachtzig. Und an jene, von denen Rottmann, schon wieder dieser Rottmann, dachte er, gesagt hatte, sie hätten an der Freundschaftsecke ihren Anfang genommen, im Mai und mit anderen Sprüchen auf den Plakaten natürlich. Und dann fielen ihm die Demonstrationen ein, die er in den letzten Monaten von seiner Wohnung aus beobachtet hatte. *Wir sind das Volk* hatte es bis zu seinem Fenster heraufgedröhnt. Für einen Moment überlagerten sich die Bilder, ihm wurde schwindlig, und er musste sich in den Straßengraben setzen. Du hast den ganzen Tag nichts gegessen, sagte er sich, ein paar Minuten, dann geht es vorbei. Alles geht vorbei, dachte er, als er wenig später müden Schrittes das Haus erreichte, vor dem nun wieder Hans-Günthers Wagen parkte. Vom benachbarten Feld flog ein Schwarm Krähen auf, deren Spiegelbilder über Lack und Scheiben des Autos huschten wie große schwarze Käfer. Er stellte sich vor, dass sie Spuren hinterlassen könnten, vielleicht sogar Kratzer, und diese Vorstellung amüsierte ihn. Doch als sich kurz darauf, er kramte gerade nach seinem Schlüssel, die Haustür öffnete und Hans-Günther plötzlich vor ihm stand, fühlte er sich ertappt. Ach, du bist es, stammelte er verwirrt und hatte einen Moment lang den Eindruck, sein Schwiegersohn versperre ihm den Weg. Tatsächlich trat Hans-Günther ihm nun zwei Schritte entgegen und zog dabei die Tür ein Stück heran, wobei er einen Fuß noch einmal zurücksetzte, um die Katze, die ihm neugierig nachdrängte, zurück in den Flur zu schieben, dann beugte er sich, eine Stufe über Kramer stehend, zu diesem herab und sagte leise, dass Tine sich so über den Besuch gefreut habe und dass er mehr mit ihr reden solle. Halb klang es wie ein Vorwurf, der auf Kramers Alleingänge zielte, halb, als müsse er Tines Freude entschuldigen, die er nicht ganz verstehe und vielleicht auch Kramer nicht recht sein könnte. Du weißt ja, wie sie ist, sagte er. Während Kramers Blick nach oben zum Sims wanderte, auf der Suche nach der Taube, die er nicht fand, fragte er sich, ob er sich über Hans-Günthers Anmaßung ärgern oder über dessen Fürsorge freuen sollte. Alles klar, sagte

er dann, ich habe ihr sogar etwas mitgebracht. Hans-Günther sah die Blume, das wird sie sicher freuen, sagte er verwirrt und gab den Weg frei.
Wie war's? Tines Stimme kam aus der Küche und übertönte das Rauschen von Wasser. Kramer zuckte mit den Schultern, und erst als ihm einfiel, dass sie das nicht sehen konnte, antwortete er ihr. Du kennst den Rottmann doch. Und ob, rief sie. Hans-Günther drängte ihn in die Küche und nickte ihm aufmunternd zu. Ihr habt euch sicher viel zu erzählen, sagte er und wollte sich schon in sein Zimmer zurückziehen. Woran arbeitest du eigentlich gerade?, fragte Kramer mit einer ihn selbst überraschenden Schärfe im Ton und ließ die Blume in der Hosentasche verschwinden, nicht ohne den Stängel vorher zu zerreiben, um wenigstens den herben Geruch an den Fingerspitzen zu behalten, später würde er daran riechen, und das würde ihn beruhigen. Tine stellte das Wasser ab und trocknete sich die Hände, auch sie wartete auf eine Antwort. Hans-Günther verzog das Gesicht, erst vor Überraschung, dann zu einem überlegenen Lächeln. Ihr werdet es nicht begreifen, besagte das Lächeln, während Hans-Günther in heuchlerisch-geduldigem Ton von einer Sicherheitssoftware sprach, von einem wichtigen Auftraggeber, dessen Namen er nicht nennen dürfe, das müssten sie verstehen, alles sei top-secret, es sei eine renommierte Firma mit weltweiten Kontakten, eine Zielscheibe hartnäckiger Attacken, Diskretion sei in seinem Business oberstes Gebot…

Kramer hörte ihm nicht mehr zu. Dann bückte sich Hans-Günther abrupt, griff nach der Katze und hob sie hoch, schlaff hing sie zwischen seinen Händen, bis er ihren Kopf an seine Wange drückte, ihr etwas ins Ohr flüsterte und dabei belustigt und irgendwie herablassend zu seiner Frau schielte. Kramer fand das ziemlich unverschämt, das hatte Tine nicht verdient. Er wunderte sich über Hans-Günthers Fähigkeit, die Dinge beim Namen zu nennen und gleichzeitig im Vagen zu halten, mit den richtigen Wörtern nichts zu sagen, er hätte Politiker werden sollen, dachte er. Ihm selbst fiel diese Art Geplauder schwer, sein Chef hielt ihn deshalb für verstockt. Kramer, hatte er einmal gesagt und ihm dabei lachend auf die Schulter geklopft, spucken Sie's einfach aus, ich sortiere mir's schon. Dienstberatungen waren ihm ein Graus, dabei fehlte es ihm nicht an einer Meinung. Wenn er dennoch nichts sagte, lag es oft daran, dass er den im ersten Moment richtig erscheinenden Wörtern misstraute und den Verästelungen ihres Sinns nachspürte, die Sätze in seinem Kopf lange hin und her wendete, auf mögliche Folgen und Missverständnisse prüfte und nach möglichst noch besseren Formulierungen suchte. Tauben sitzen nun einmal nicht, dachte er trotzig. Wenn er dann soweit war, war das Thema meist schon gegessen, und er stand nur mürrisch und verlegen herum. Gleich gibt's Essen, du hast doch sicher Hunger, sagte Tine, und Kramer fragte, ob vorher noch Zeit für eine Zigarette sei.

Als Kramer am Tisch saß, fiel sein Blick auf die Küchenuhr. Es war die Uhr, die schon in der Küche seiner Großeltern gehangen hatte, das weiße Zifferblatt mit den altertümlichen Zeigern wurde von einem braunen, schlicht profilierten Holzring eingefasst, der ein Stück von der Wand abstand. Die Uhr stand still, vielleicht war sie kaputt oder einfach nicht aufgezogen worden. Er erinnerte sich, dass damals auf dem kleinen Uhrkasten, der sich hinter dem Holzring befand, der Schlüssel gelegen hatte. Die Uhr hing nicht allzu hoch, er würde sie mühelos erreichen können. Eine Weile ertrug er ihren Anblick, dann aber stand er auf und begann, von Tine argwöhnisch beäugt, nach dem Schlüssel zu tasten, fand ihn tatsächlich, denn er lag, wo er immer gelegen hatte, schon zog er die Uhr mit einem ratschenden Geräusch auf und brachte die Zeiger in die richtige Position. Er bemerkte zu spät, dass Tine dies offenbar als einen Eingriff in ihre Angelegenheiten betrachtete, der sie wütend machte. Was das solle, brach es aus ihr heraus, das laute Ticken nerve sie, was er sich denn einbilde. Die Uhr tickte wirklich laut. Kramer stammelte eine Entschuldigung aus devoten Worten, die er aber in ein so eindeutiges Lächeln verpackte, das Tine nur noch mehr reizte. Hans-Günther versuchte sie zu beruhigen, er begriff nicht, dass er in diesem Moment der Falsche dafür war. Ich glaube, dein Vater hat dir etwas mitgebracht, säuselte er hilflos. Kramer hätte ihr jetzt das Buch zeigen können, das er aus der Kirche mitgenommen hatte, hielt den Zeitpunkt aber nicht für günstig und entschied sich für eine Art Friedensangebot, jedenfalls hielt er es für eines. Kannst du mir einen Tee machen? Tine erhob sich sofort, als sei diese Aufforderung die einzige Sprache, die sie verstand. Für einen Moment übertönte das Rauschen des Wassers das Ticken der Uhr. Hans-Günther klimperte gelangweilt mit dem Besteck. Als das Wasser kochte, versuchte er mit albern verstellter Stimme die Katze anzulocken, Kramer erkannte, dass er diesmal keine Hilfe sein würde. Tine war noch immer beleidigt, sie sah ihren Vater nicht an, als sie die Tasse hart vor ihm auf den Tisch stellte, und Kramer fürchtete, wegen der albernen Uhr den ganzen Abend verdorben zu haben. Vielleicht sollte ich ihr von dem Kinderbild in meinem Arbeitszimmer erzählen, dachte er. In meinem Arbeitszimmer ..., begann er, doch bevor er weitersprechen konnte, packte Tine ihn am Arm. Warte mal, rief sie und war nun plötzlich freudig erregt. Hans-Günther, der offenbar ihren Blick zum Fenster bemerkt haben musste, verzog genervt das Gesicht. Nein, nicht schon wieder!, stöhnte er und wandte sich mit komplizenhafter Vertrautheit an Kramer. Falls du es noch nicht gewusst hast, deine Tochter hat nämlich einen Sonnenuntergangsfimmel. Gleich wird sie das Licht ausmachen, sagte er, kurz bevor Tine das Licht ausschaltete. Los komm, sagte sie und zog ihren Vater in Freie.

Der Himmel bot tatsächlich ein faszinierendes Schauspiel. Die Unterseiten der tief hängenden grauen Wolken waren in rotes und goldenes Licht getaucht, in der Ferne leuchteten langgezogene Schlieren, die am Rand vor dem samtigen Blau des Himmels ausfransten, im Zentrum dagegen aufflammten, als kündeten sie von einem Inferno, während sich ganz oben noch einige luftige Schleier hielten, weiß wie der Kondensstreifen, der das Bild zerschnitt, ehe er langsam zerfloss. Über dem Haus aber hatten sich die Wolken zu einer bizarren Formation aufgebauscht, einer nach unten gekehrten Schaumkrone gleich, die allerdings seltsam abgeplattet war und wirkte wie ein dichtgedrängt schwebendes Regiment stahlblauer barocker Engelsköpfe, deren aufgeblähte Wangen zwischen wallenden Locken glühten. Entlang des Horizonts, wiederum von einer dunklen Wolkenschicht scharf abgegrenzt, zog sich ein Streifen hell gleißendes Blau, schmal nur und unten jäh in ein leuchtendes Gelb übergehend. Tine hatte sich bei ihrem Vater untergehakt, nun legte sie den Kopf an seine Schulter. Allein wegen solcher Sonnenuntergänge habe sich der Umzug gelohnt, flüsterte sie begeistert, während Hans-Günther in ihrem Rücken eine feixende Grimasse von innen gegen die Scheibe drückte. Für ihn waren Sonnenuntergänge offenbar nicht mehr als ein nicht zwingend notwendiger Schritt in einem beliebigen Algorithmus. Sie standen da, bis das Licht allmählich verglühte und die vermeintlichen Engelsköpfe nur noch dunklen Rauchschwaden glichen. Manchmal gibt es auch Sternschnuppen, seufzte Tine. Wie überall, dachte Kramer, aber er schwieg. Irgendwann begann sie zu frösteln, er legte seinen Arm um ihre Schultern, rieb ihren Oberarm und bemerkte erneut, wie knochig seine Tochter war. Lass uns wieder hineingehen, schlug er vor. Tine nickte, schien aber abwesend. Erst als sie wieder in der Küche standen, wurde sie aus ihren Gedanken gerissen, vielleicht durch das laute Ticken der Uhr, und es klang beinah kämpferisch, als sie sagte: Und jetzt machen wir endlich eine Flasche Wein auf! Hans-Günther war einigermaßen verblüfft, erst recht, weil Tine dann nur zwei Gläser auf den Tisch stellte, für ihren Vater und für sich. Ach so, sagte er beleidigt, verstehe, aber ich habe ohnehin zu tun.

Draußen war es inzwischen dunkel geworden, auch wenn Tine noch mehrmals nach den letzten Spuren des Glühens Ausschau hielt. Im Zimmer war es still, nur das Summen einer Fliege war zu hören, im ständigen Wechsel sich nähernd und wieder entfernend, dann manchmal das Kratzen der Katze an der Tür. Tine hatte das Tier in die Küche gesperrt und erklärt, dass es Hans-Günthers Idee gewesen sei, sich eine Katze anzuschaffen, weil er meinte, das gehöre zum Landleben, sie aber möge eigentlich keine Tiere im Haus, sie habe auch nicht heiraten wollen, aber Hans-Günther habe gemeint, wegen des Hauses solle alles seine Ordnung haben, nun habe sie diese Ordnung, er nenne die Katze übrigens Spam. Kramer wusste nicht, was er darauf sagen sollte, aus Verlegenheit schaute er sich im Zimmer um, das ihm zunehmend gefiel, trotzdem verrückte er in Gedanken ein paar Möbel, der alte Schrank, fand er, brauchte mehr Platz, um zur Geltung zu kommen, doch keine Frage, seine Tochter hatte Geschmack, er wollte es ihr sagen, wusste aber nicht wie, auch fand er, dass sie zu schnell trank, ohne Sinn und Verstand hätte sein Vater gesagt. Du weißt schon, wo Rottmann den Schrank her hat, fragte er nach einer Weile und hatte plötzlich Lust, zum Schrank zu gehen und an ihm zu riechen, wie er oft an den neuen Büchern der Bibliothek roch, in die Bücher hineinroch, getraute sich aber jetzt nicht. Er habe es erwähnt, sagte Tine, aber man müsse jetzt nicht über Rottmann reden. Dann, während sie begann, einige Holzscheite in den Kamin zu stapeln, erzählte sie doch, dass Rottmann der Einzige gewesen sei, der sich anfangs für sie interessiert habe, wenn auch nur, um seine Geschichten bei ihnen abzuladen, und das sei ihm auch gelungen, ihr Bedarf an alten Geschichten sei jedenfalls gedeckt, obwohl, das müsse sie zugeben, spannend sei es schon, was der Alte manchmal erzähle. Das Holz hatte inzwischen zu brennen begonnen, Tine hockte noch immer vor dem Kamin und streckte ihre Hände in die sich ausbreitende Wärme, mit einer Geste, die ebenso nach Berührung aussah wie nach Abwehr.

Kramer erinnerte sich, wie er Tine, als sie noch ein Kind war, manchmal zu begeistern versucht hatte, indem er möglichst beiläufig oder sogar abwertend von jener Sache sprach, und es ärgerte ihn, dass er ihr nun, zwei Jahrzehnte später, mit dem gleichen Kalkül das Buch über den Tisch schob, während er zur Zimmerdecke hochsah, über der Hans-Günthers Schritte deutlich zu hören waren. Der wird sich mit der Zeit schon beruhigen, sagte Tine und hatte schon wieder ihr Weinglas in der Hand. Ja, die Zeit, seufzte Kramer. Tine sah auf ihre Armbanduhr, sagte aber nichts. Es war eine aufregende Zeit damals, dieser Herbst war unsere Zeit, und er hat uns geprägt, kaum zu glauben, dass es beinahe dreißig Jahre her ist, sagte Kramer und wischte mit der Hand über den Buchdeckel, jetzt hat es schon fast Schimmel angesetzt. Und da Tine nicht reagierte, forderte er sie auf, sich das Buch wenigstens anzuschauen, es werde sie interessieren. Dass auch sie auf einem der Fotos zu sehen war, verschwieg er ihr.
Tatsächlich begann Tine, nachdem sie kurz aufgestanden war und aus einem Regal eine kleine Blechschatulle geholt hatte, in dem Buch zu blättern, sie schaute sich flüchtig einige Bilder an, ließ die Seiten dann immer schneller durch ihre Finger gleiten, hob das Buch schließlich vor ihr Gesicht. Es riecht, sagte sie. Hat dir Gabriele nie davon erzählt?, fragte Kamer, wartete die Antwort aber nicht ab. Weißt du, wir hatten damals das Gefühl, wirklich etwas bewe-

gen zu können, ein paar Monate lang schien alles möglich, nicht nur für uns persönlich, auch für das Land, dem wir uns plötzlich zugehörig fühlten wie nie zuvor, ich weiß, das klingt pathetisch, aber ... Nur zu, sagte Tine, ich schwärme auch für meinen Garten. Ich meine es ernst, sagte Kramer, ein Hauch von Anarchie lag über allem, der alte Staat war zusammengebrochen, und wir waren bereit, etwas wirklich Neues aufzubauen, wir haben das sehr ernst genommen, aber es hat auch Spaß gemacht, sagte Kramer, während Tine die Ferse ihres rechten Fußes auf die Stuhlkante gesetzt und den Strumpf abgestreift hatte. Du hast doch nichts dagegen?, fragte sie, nahm ein Fläschchen aus der Schatulle und begann, den Lack auf ihren Zehennägeln zu entfernen. Kramer war entschlossen, sich nicht aus dem Konzept bringen zu lassen. Fast jeden Abend gab es damals Versammlungen, Diskussionen am Runden Tisch und Arbeitskreise zu allen möglichen Themen, alles hat uns interessiert, und wir wollten auch überall mitreden, und einmal, ich erinnere mich noch genau, stand Gabriele bei einer dieser Versammlungen auf und hielt eine Rede, was sie vorher nie getan hatte, einfach so, spontan und leidenschaftlich, ich weiß nicht mehr genau worüber, aber sie war reizend, und ich habe sie dafür bewundert. Das ist ja wirklich reizend, rief Tine, das letzte Wort betonend, ohne dabei von den Mullröllchen aufzusehen, die sie sich zwischen die Zehen klemmte. Und dann habt ihr euch getrennt!

Das war später, sagte Kramer, der die Ironie überging, und es hatte damit nichts zu tun, jedenfalls nicht direkt. Doch so sehr er seiner folgenden Erzählung über die damaligen Ereignisse eine ehrliche Begeisterung beizugeben versuchte, wuchsen seine Zweifel, ob all das heute noch mitteilbar war. Zweifel kamen ihm freilich auch, was seine Rolle betraf, nur zu gern hätte er sich vor Tine und wohl auch vor sich selbst als widerständig und aktiv dargestellt, doch was er vorzuweisen hatte, war, wenn er es von heute aus betrachtete, herzlich wenig. Immerhin, er hatte sich nichts zuschulden kommen lassen, er hatte sich nichts vorzuwerfen und war mit sich im Reinen. Und doch, ein Rest von schlechtem Gewissen war geblieben und hatte ihn so lange schweigen lassen, dass seine Begeisterung ihm nun selbst ein wenig suspekt erschien. Gewiss, sowohl im untergegangenen Staat als auch danach hatte er auf eine berufliche Karriere verzichtet, freiwillig und damit allen eventuell nötigen Kompromissen aus dem Weg gehend, durch bewussten Verzicht hatte er unbestechlich sein wollen, aber er fragte sich, ob das alles nicht wirklich eher einer gewissen Verstocktheit zuzuschreiben war. Angst vor dem Versagen und vor Verantwortung hatte ihn immer gelähmt, so dass er jede Herausforderung gemieden, sich vielmehr in seiner Bedeutungslosigkeit bequem eingerichtet hatte. Was wie Geradlinigkeit und Unbeugsamkeit aussah, war doch nur eine Folge geschickter Ausweichmanöver, in Wahrheit, sagte er sich, hatte seine Angst etwas hervorgebracht, was dem Außenstehenden als Mut erscheinen konnte. Vielleicht war Gabriele die einzige, die das erkannt hatte.

Aber ihr habt euch getrennt, ließ Tine nicht locker, und ich frage mich, ob das nicht ein zu hoher Preis war. Scheinbar ungerührt begann sie, den getrockneten Nägeln einen neuen Anstrich zu verpassen, einen dunkelblauen. Das ist doch nicht die Frage, sagte Kramer, die Frage ist, ob unser Einsatz etwas verbessert hat. Und?, fragte Tine. Kramer zuckte mit den Schultern, er wisse es nicht.

Er sah zu, wie Tine mit einer ihn verblüffenden Gelenkigkeit ihren Fuß noch weiter nach oben zog, um nun, mit gespitztem Mund Richtung Zehen hauchend, den Nagellack zu trocknen. Er dachte an Rottmann, der mit dem gleichen Gesichtsausdruck Zigarettenqualm ausgestoßen hatte, auch wenn dessen Körper auf der Bank dabei völlig steif und regungslos geblieben war. Hoffnungen können enttäuscht werden, sagte er, aber die Erinnerung bleibt und manchmal ist sie der einzige Trost. Nostalgie ist ein Gefühl und mit Fakten nicht zu widerlegen.

Wut und Zorn sind auch Gefühle, sagte Tine und griff energisch nach der Flasche. Irgendwann hat man es satt, immer nur vertröstet zu werden. Warte mal …, sagte Kramer, aber da goss sie schon den letzten Rest Wein so energisch in ihr Glas, dass einige Tropfen auf den Tisch schwappten. Mit zwei Fingern

wischte sie über die Lache und leckte sie dann ab. Bist du so nett und holst noch eine Flasche aus der Küche?
Als er in der Küche das Licht angeschaltet hatte, bemerkte Kramer die Katze, die zusammengerollt auf einem Stuhl lag und bei seinem Eintreten langsam den Kopf hob. Die Küchenuhr tickte, ihr Geräusch machte die Stille fassbar. Dann erst, im Moment des Erschreckens, sah er Hans-Günther, der mit der Schulter gegen die Wand gelehnt im Dunkeln gestanden hatte und noch immer seitlich aus dem Fenster starrte, als warte er auf etwas, auf eine Sternschnuppe vielleicht oder den Sonnenaufgang. Er hatte die bereitgestellte Flasche bereits geöffnet und sich ein Glas eingeschenkt, nun prostete er Kramer stumm zu, während er sich den Zeigefinger der anderen Hand auf die Lippen legte. Kramer sah zum Fenster, in dem sich das Licht der Küchenlampe spiegelte. Oder war es der Mond? Dann forderte er Hans-Günther mit einer Kopfbewegung auf, mit ins Wohnzimmer zu kommen, doch Hans-Günther lehnte mit einer Handbewegung ab, die aussah, als prelle er einen Ball mehrfach gegen den Boden, in Zeitlupe allerdings. Er schien sie belauscht zu haben, jedenfalls kam es Kramer so vor. Er wollte die geöffnete Weinflasche nehmen, doch Hans-Günther kam ihm zuvor und zeigte auf eine andere, noch ungeöffnete Flasche, die etwas versteckt hinter den Teebüchsen im Regal stand. Kramer nahm die Flasche,

ließ Hans-Günther stehen und löschte das Licht. Sich noch einmal umblickend, sah er durchs Fenster den Mond, der schmal war wie eine Sichel.
Als er wieder ins Zimmer kam, hatte Tine die Füße von sich gestreckt und wackelte mit den Zehen. Sie hatte sich noch einmal das Buch genommen und blätterte darin, manchmal huschte ein Lächeln über ihr Gesicht, dann wieder schüttelte sie verständnislos den Kopf. Warum flüsterst du plötzlich, fragte sie, nachdem er, die Plastikhaube vom Korken puhlend und dabei immer wieder innehaltend, erzählt hatte, wie die Wut und der Zorn damals wenigstens für ein paar Wochen in Begeisterung umgeschlagen waren. Flüstere ich? Ja, sagte sie ins laute Floppen des Korkens, du flüsterst. Im Kamin fauchten die Flammen, ein Holzscheit knackte laut. Übrigens, es gibt in dem Buch auch ein Foto von dir, sagte er, auf einer der Demonstrationen, vielleicht erinnerst du dich, du… Ich weiß, muss ja eine tolle Zeit für euch gewesen sein damals, Mutter hat mir auch davon erzählt, sagte Tine, doch es klang etwas höhnisch und so, als wolle sie das Thema damit beenden. Ein versonnenes Lächeln huschte über Kramers Gesicht, dass auch Gabriele darüber gesprochen hatte, rührte ihn. Aber es war nur ein Moment, in dem er von einer schönen Erinnerung zehrte, dann wurde er unvermittelt lauter. Irgendwann sei die Begeisterung verebbt, sie sei erstickt worden von den neuen Gesetzen und Verordnungen, zermahlen im Getriebe der Bürokratie. Den

alten Gegner hätten sie besiegt, aber was dann über sie schwappte, sei viel raffinierter und viel subtiler gewesen, manchmal nur die Macht der Gewohnheit, dann aber die gewöhnliche Macht des Kapitals, es habe sie umarmt und bestochen und ins Leere laufen lassen. Sie seien für Meinungsfreiheit und Demokratie auf die Straße gegangen, sie hätten das Wort Demokratie ernst genommen, dann aber hätten sie zum Beispiel das Wort Fraktionszwang lernen müssen. Wer sich damit abgefunden und diese Regeln als kleineres Übel gesehen habe, wäre fast immer belohnt worden, andere hätten sich ganz von der Politik abgewandt, Gabrieles beste Freundin zum Beispiel sei nach Indien gegangen, abgetaucht ins Nirwana, habe Tines Mutter das genannt und trotzdem immer weitergemacht, Gabriele habe so viel Energie, jetzt sitze sie schon im Landtag, viele aber hätte das alles zornig gemacht, und sie seien heute noch zornig. Jetzt redest du wie Rottmann, sagte Tine. Und du?, fragte sie nach einer Weile. Ich? Kramer überlegte. Vielleicht habe ich die weiße Flagge gehisst. Es wundere sie, sagte Tine, dass jene, die früher gegen den Staat aufbegehrt hätten, nun, da es den Staat schon lange nicht mehr gebe, mit einer Wunde herumliefen und immerfort in der Vergangenheit lebten. Und außerdem, sie kenne das auch, diese fruchtlosen Diskussionen von Leuten, die sich gerne reden hörten, aber wenn es ums Wesentliche ginge, den Mund nicht aufkriegten. Sie hob das Glas, das er wieder gefüllt

hatte, in seine Richtung. Eine provokante Geste, wie ihm schien, und da war es auch wieder, dieses Blitzen in ihren Augen, diese Kälte in ihrem Blick, die ihn schon oft erschreckt hatte.
Und wo, fragte Tine plötzlich, war ich eigentlich die ganze Zeit, wenn ich nicht gerade auf Mutters Schultern saß, wo war ich, als ihr unbedingt die Helden spielen musstet und Abend für Abend die Welt verbessern? Bei meinen Eltern natürlich, sagte Kramer, du warst bei meinen Eltern, die hatten viel Zeit, sie hatten damals gerade ihre Arbeit verloren und mit der Politik nichts am Hut, mein Vater hat sich ja bloß geduckt und das Maul gehalten, immer schon. Sie haben dich jedenfalls gerne bei sich gehabt, und du hast dich bei ihnen wohlgefühlt. So, habe ich das? Tine hatte begonnen, sich ihre dicken Socken, die sie anstelle von Hausschuhen trug, wieder anzuziehen, plötzlich hielt sie inne, streifte sie wieder ab und warf sie weit von sich. Schon wieder schenkte sie sich Wein ein. Na, du musst es ja wissen! Ich glaube schon, sagte Kramer, du warst immer gerne dort, erinnerst du dich zum Beispiel noch an den Kirschbaum in Vaters Garten, er hatte eine Schaukel an einen der unteren Äste gehängt, du hast es geliebt, und wenn wir kamen, um dich abzuholen, wärst du am liebsten dageblieben. Du hast mir ein Bild von diesem Kirschbaum gemalt, ich habe es aufgehoben, es hängt jetzt in meinem Arbeitszimmer in der Bibliothek, jeden Tag amüsiere ich mich über die Kirschen, die so groß

sind wie Luftballons. Tine konnte sich an das Bild nicht erinnern. Wenn es so ein Bild gäbe, dann müsse es später entstanden sein, meinte sie, anfangs sei sie ja noch nicht einmal zur Schule gegangen, an den Kirschbaum aber erinnere sie sich schon. In ihrer Erinnerung sei es immer Winter gewesen, und sie habe sich vor dem großen schwarzen Baum gefürchtet, besonders nachts, wenn das Mondlicht die Schatten der Zweige in ihr Zimmer geworfen habe, wo sie wie zuckende Finger an der Wand gezittert und nach ihr gegriffen hätten. Und wenn sie an das fette Essen denke, würge es sie noch heute.
In diesem Moment huschte Spam ins Zimmer. Hans-Günther hatte ihr die Tür geöffnet, leise, blieb aber selbst in der Öffnung stehen, die Schulter gegen den Rahmen gelehnt. Ich hoffe, ich störe nicht, ihr schwelgt sicher gerade in Erinnerungen, sagte er scheinheilig. Kramer nahm ihm die zur Schau gestellte Naivität nicht ab, sicher hatte er noch immer an der Tür gelauscht. Die Katze war sofort auf ihn zugesprungen, nun rieb sie ihr Fell an seinem Schienbein. Tine tat, als habe sie von all dem nichts bemerkt. Später, sagte sie, später war ich wirklich gern dort, denn bei uns zu Hause wurde ja nur noch gestritten. Der von euch so oft gepriesene Runde Tisch, er hätte in unserer Küche stehen müssen, denn an Kompromisse war nicht mehr zu denken, was euer Zusammenleben betraf, wart ihr zu Betonköpfen geworden, zu Fundamentalisten und Hardlinern, nenne es, wie

du willst, ständig habt ihr euch gestritten, um mich hat sich keiner gekümmert, wenn ich etwas gefragt habe, hieß es, ich solle nicht soviel fragen, wenn ich geheult habe, hieß es, ich solle mich zusammenreißen und nicht heulen, das Leben gehe weiter, so oder so. Kein Wunder also, dass ich gern bei den Großeltern gewesen bin, bei ihnen drehte sich alles um mich, es stank auch nicht nach Zigarettenqualm, bei ihnen roch es nach Lindenblütentee und Hefeteig, aber eigentlich bin ich nicht zu ihnen hin-, sondern von euch weggegangen. Tine schwieg eine Weile, kratzte mit dem Fingernagel einige Spritzer Nagellack von der Tischplatte. Dein Vater, sagte sie dann, hat damals wenig gesprochen, nach eurer Streiterei fand ich das herrlich, und dann das Haus, der riesige Garten, ja, später war ich gern dort, vor allem, wenn die Kirschen reif wurden, vielleicht habe ich da auch das Bild gemalt. Welches Bild?, fragte Hans-Günther. Erst jetzt schien Tine ihn zu bemerken. Ach, sagte sie erstaunt und drehte sich nach ihm um, du kommst gerade zur rechten Zeit, sei doch bitte so gut, Schatz, und reiche mir meine Socken, es wird langsam kalt. Hans-Günther sah hilfesuchend zu Kramer, bückte sich nach einem einzigen Blick von Tine aber dann doch nach den Socken. Soll ich sie dir auch gleich anziehen?, fragte er. Kramer versuchte in den Worten wenigstens eine Spur von Ironie zu erkennen, doch da war nichts. Gleich wird er sie wieder Jussi nennen, dachte er. Trotzdem hatte sein Eintreten ihn erleichtert, es würde, so hoffte er, ihrem Gespräch eine Wendung geben oder wenigstens die Schärfe nehmen. Übrigens haben wir uns nicht als Helden gefühlt, sagte er dennoch, wir haben einfach versucht, freie Menschen zu sein ...

Schön für euch, fiel Tine ihm ins Wort, träume du ruhig weiter, aber ich brauche endlich wieder einen Job. Hans-Günther, der noch immer vor ihren Füßen kniete, so dass Kramer die kahle Stelle an seinem Hinterkopf erkennen konnte, schaute verblüfft zu ihr auf, dann umfasste er mit einer schnellen Bewegung ihre Fußgelenke, als könnte dieser Griff sie zum Schweigen bringen. So jedenfalls kam es Kramer vor, der sofort begriff, dass das Gespräch nun tatsächlich eine Wendung nehmen würde und nicht etwa Hans-Günther ihm zur Hilfe gekommen war, sondern seine, Kramers, Anwesenheit es war, die Tine ermutigte, das Thema zu wechseln, womöglich hatte sie das sogar geplant. Was soll das, sei nicht albern!, sagte Tine scharf und wand ihre Füße aus der Umklammerung. Dann schwieg sie beleidigt, vielleicht aber auch, weil zum Thema Job zwischen ihr und Hans-Günther schon alles gesagt worden war. Die Katze hatte es sich inzwischen auf Kramers Schoß bequem gemacht, nun glitt sie lautlos zu Boden, stolzierte noch eine Runde um seine Beine und suchte dann schnurstracks das Weite. Kramer kam sich plötzlich verlassen vor. Er glaubte etwas sagen zu müssen, und da er nicht sagen wollte, dass guter

Rat nun teuer sei, sagte er, dass sich da sicher etwas machen lasse. Was denn, bitte schön?, fragte Tine. Also sagte Kramer, was er sich am ersten Tag seines Besuches schon gedacht hatte. Nach allem, was er gesehen und gehört habe, sagte er, müsse es für Leute mit ihrem Berufsabschluss doch ein reiches Betätigungsfeld geben. Mir musst du das nicht sagen, das müsstest du den Verantwortlichen sagen, auf die Antwort bin ich gespannt, sagte Tine, die natürlich gar nicht gespannt war, weil sie die Antwort zu kennen glaubte. Pendeln wie Hans-Günther jedenfalls wolle sie nicht, dafür sei sie nicht hierher gezogen, aber hier sei eben in den letzten Jahren alles platt gemacht worden, der Jugendclub, der Seniorentreff, die Bibliothek, ja auch hier habe es eine Bibliothek gegeben, aber dafür, erklärte sie, sei kein Geld mehr da, aber diesem Meier-Störzenecker bauen sie eine feine Asphaltstraße bis direkt vor die Tür seiner Zuckerbäckervilla, und du fragst allen Ernstes, ob es sich gelohnt hat. Jetzt redest *du* wie Rottmann, dachte Kramer, sagte aber nichts. Dafür hatte Hans-Günther seine Stimme wiedergefunden. Du willst dir doch nicht ernsthaft den Arsch für irgendwelche kaputten Typen oder gelangweilte Omas aufreißen, sagte er, und dann noch für einen Hungerlohn, das hast du doch gar nicht nötig. Das Wort Hungerlohn erinnerte Kramer an Rottmanns Bemerkung, dass es den Leuten eigentlich zu gut gehe. Der Lohn sei doch immer relativ, sagte er, Geld, immer nur Geld, aber das Geld sei doch nicht alles, was bei einer Arbeit zu berücksichtigen sei, er jedenfalls habe immer auch ... Hans-Günther verdrehte die Augen. Du hast gut reden, sagte er, du verschanzt dich hinter deinen Büchern, ich aber arbeite in der freien Wirtschaft, und in der freien Wirtschaft weht ein anderer Wind. Schließlich müsse er doch mit seinen Steuern dafür aufkommen, dass er, Kramer, auf seinem gesicherten Posten sitze, er, Hans-Günther, garantiere, natürlich nicht allein, letztlich jene Arbeitsplätze, über deren Sinn man zumindest streiten könne. Er erwarte keine Dankbarkeit, aber es nerve ihn, immer als soziale und kulturelle Bedrohung dargestellt zu werden, während sich die Angestellten von subventionierten Einrichtungen moralisch überlegen fühlten und sich aufspielten wie..., wie Kapitäne einer Arche Noah. Als das Wort Arche Noah fiel, bemerkte Kramer etwas in Tines Augen, eine freudige Herausforderung, die er sofort verstand. Die freie Wirtschaft ist ein Haifischbecken, sagte er. Nichts für Hasenfüße, antwortete sie und sah dabei zu Hans-Günther, der nichts verstand. Und dann gab ein Wort das andere. Das Wolfsgesetz des Kapitalismus, sagte sie. Der Investor ist ein scheues Reh, konterte Kramer. Bär und Bulle, rief sie. Heuschrecken und Pleitegeier, gab er zurück. Wo ist eigentlich die Katze, fragte Tine lachend, worauf Kramer sich achselzuckend nach der Katze umsah, sie unter dem Tisch suchte und hinter dem Sessel. Da ist sie ja, rief er endlich, sie beißt sich in den Schwanz. Er hatte von seiner Tochter irgendein Zeichen des Beifalls erwartet und war überrascht, als sie nun, ein Gähnen mühsam unterdrückend, verkündete, dass sie müde sei und sich zurückziehe, sie hätten doch sicher nichts dagegen. In der Flasche war noch ein Rest Wein, den Hans-Günther Kramer einschenkte wie eine Aufforderung, noch zu bleiben, wenigstens ein paar Minuten. Im Gehen fragte Tine, wann denn sein Bus fahre. Erst am frühen Nachmittag, sagte Kramer und bereute sofort seine Ehrlichkeit. Sie müssten sich aber keine Umstände machen, beeilte er sich anzufügen, er wolle am Morgen noch ein Stück gehen.

Hans-Günther schien bemüht, unter das letzte Thema einen Schlussstrich zu ziehen, und da ihm dazu offenbar die Worte fehlten, prostete er Kramer mit übertriebener Freundlichkeit zu. Prost Schwiegervater, sagte er, was aber in dessen Ohren nun doch ironisch klang. Kramer konnte sich täuschen, denn nicht nur Hans-Günther, sondern diese ganze Generation war für ihn manchmal schwer zu durchschauen. Ihren Worten schien etwas Unverbindliches eigen. Wie Tine war offenbar auch Hans-Günther in der Lage, die Stimmung von einem zum anderen Moment nicht nur zu ändern, sondern ins Gegenteil umschlagen zu lassen, er war jetzt bester Laune, auch wenn der Alkohol daran seinen Anteil haben mochte. Kramer aber hatte längst beschlossen, die plötzliche Fröhlichkeit von sich abprallen zu lassen.

Und je mehr dieser sogenannte Schwiegersohn sich bemühte, das Gespräch im Plauderton mit scheinbar unverfänglichen Themen in Gang zu bringen, desto mehr vergrub sich Kramer in eisiges Schweigen. Er hätte gern eine Zigarette geraucht, versagte sich aber wenigstens diese Provokation. Lass ihn reden, dachte er, irgendwann wird es vorbei sein. Spätestens als Hans-Günther in ein paar albernen Witzen erfolglos Zuflucht suchte, schien auch er zu kapieren. Irgendwann griff er nach der Weinflasche, hielt sie in die Höhe und merkte, dass sie leer war. Noch eine?, fragte er ohne Überzeugung in der Stimme. Kramer schüttelte den Kopf. Schlaf gut, sagte er.

9

Warum nicht wieder einmal in die Stipendie gehen, hatte Rottmann gesagt, dachte Kramer, als er am Morgen vor dem Haus stand. Sein Versuch, aus dem Qualm seiner Zigarette kleine Ringe zu formen, misslang, auch einen längeren Aschezylinder brachte er nicht zu Stande, wegen des Windes vielleicht. Hans-Günthers Wagen glänzte wie am Abend zuvor. Im Haus war es noch still. Kramer musste an die Fliege denken, die vorhin in seinem Zimmer beharrlich gegen die Scheibe gestoßen war. Erst als er aufgestanden war, um ihr das Fenster zu öffnen, hatte sie sich an der Wand neben dem Bild des ehemaligen Dorfkruges niedergelassen und war dort ebenso beharrlich sitzen geblieben, wie sie vorher nach einem Ausweg gesucht hatte. Bei dem Gedanken, dass auch eine Fliege womöglich eher stehe als sitze, musste er lächeln. Die Luft war klar und kühl, harmlose Wolken trieben unter einem blauen Himmel. Ein paar Schritte gehen, dachte Kramer, warum nicht in die Stipendie.

Stipendie, das Wort, das ihm gestern noch so seltsam und rätselhaft erschienen war und ihn an Gespenster erinnert hatte, bekam nun einen beinahe vertrauten Klang. Als er auf dem schmalen Pfad durch die Wiese ging, hatte er das Gefühl, diesen Weg schon oft gegangen zu sein, schade nur, dass er so kurz war und gleich im Wald verschwinden und dann in die Senke führen würde. Die Kühle war angenehm, Kramer wäre jetzt gern über weites flaches Land gegangen, einfach einen Schritt nach dem anderen, gleichmäßig, lange und ausdauernd, ausgesetzt dem Wind, er wollte an nichts denken und dachte doch an Hans-Günther, den er brüskiert hatte, warum eigentlich? Der Weg verschwand im Wald wie im Schlund einer Höhle. Kramer ließ ihn links liegen, hielt sich zunächst dicht am Waldrand, wo ein knietiefer Graben das abgeerntete Feld begrenzte, das rechts zum Dorf sanft abfiel, vor ihm unwegsames Gelände, von Feldsteinhaufen und Büschen durchsetzt, Rottmann würde ihm hier bestimmt nicht begegnen. Der hüfthohe sommerdürre Farn knisterte. Tine, so erinnerte er sich, war solche Wege als Kind immer gern gegangen, meist aber mit seinem Vater, nicht mit ihm, ihr konnte es, wie sein Vater ihm dann stolz berichtete, gar nicht wild genug sein, am liebsten wäre sie auf jeden Baum geklettert. Und heute, dachte Kramer, schwärmt sie für Kräutertee und lackiert sich die Zehennägel.

Dann kam er an einen Hochsitz, der am Stamm einer mächtigen Fichte lehnte. Morgen würde er wieder an seinem Schreibtisch sitzen, mit Blick auf den Hinterhof, dachte er, und in einer Woche in diesem neuen Arbeitszimmer, dieser fensterlosen Zelle unter Tage, warum also nicht wenigstens heute da hochsteigen. Die Aussicht würde das sicher nicht wesentlich verbessern, aber er war nicht wegen der Aussicht hier. Der Leiter fehlten die unteren Sprossen, aber gerade das reizte ihn. Der erste erreichbare Tritt befand sich in Kopfhöhe, er rüttelte daran, er schien zu halten, das Holz hier am Südhang des Hügels war trocken, ein fester Griff, ein Klimmzug, ein kühner Beinschwung, bei dem er an einem rostigen Nagel hängenblieb und sich ein kleines Loch in die Hose riss, dennoch, irgendwie rappelte er sich hoch, Tine würde staunen, wenn sie ihn so sehen könnte. Außer einem grob zusammengezimmerten Schemel bot die Kanzel keinerlei Komfort, nicht einmal einen Schutz, hinter dem sich ein Jäger bei der Beobachtung des Wildwechsels hätte verbergen können, sie glich eher jenen Hochsitzen, von dem aus die Schiedsrichter den Ballwechsel auf Tennisplätzen verfolgten. Trotzdem nahm er Platz und blieb eine Weile sitzen, die Füße fest um die Beine des Sitzes gehakt. Mit einer Hand verdeckte er das kleine Loch in der Hose, vor wem auch immer, nahm die Hand aber gleich wieder weg, um zu überprüfen, ob er unter der kaputten Hose blutete. Der Kratzer tat zwar etwas weh, blutete aber nicht, und so drehte er den Kopf mal in die eine, mal in die andere Richtung, als verfolge er tatsächlich ein Match, das sich vor ihm auf der Stoppelfläche des Ackers abspielte und in das er, wenn nötig, jeden Moment eingreifen könnte. Gestern beim Wortwechsel zwischen Tine und Hans-Günther hatte er sich ähnlich gefühlt, nur war er dabei nicht unparteiisch gewesen. Auch als er des Spiels überdrüssig geworden war, suchten seine Augen noch immer die Umgebung ab, gab sich, wie er es nannte, topografischen Betrachtungen hin, um sich nicht eingestehen zu müssen, dass er nach Rottmann Ausschau hielt. Das sanfte Hügelland gefiel ihm, eine Landschaft, die den Blick nicht verstellte und doch ihre Geheimnisse barg. Es war die Landschaft seiner Kindheit, er würde ihr wohl ewig verfallen sein. Vom Haus seiner Eltern hatte man einen ähnlichen Ausblick. Als Kind hatte es ihn gefreut, wenn ein Auto hinter einem der Hügel verschwand und dann hinter einem anderen Hügel überraschend wieder auftauchte, in der Ferne vielleicht oder ganz nah. Natürlich konnte auch Rottmann ... denn der hatte sich ja nicht von ihm verabschiedet, man musste noch immer mit ihm rechnen. Erst letzte Woche war an dem schmalen Fenster seines Arbeitszimmers plötzlich ein Kopf erschienen, aus dem Nichts war dieser Kopf aufgetaucht und hatte ihm natürlich einen mächtigen Schrecken eingejagt, zumal sein Arbeitszimmer im dritten Stock liegt. Dann war ihm aber eingefallen, dass das marode Bibliotheksgebäude einige Tage zuvor eingerüstet worden war, und tatsächlich hatte es sich um den Kopf eines Bauarbeiters gehandelt, einen äußerst merkwürdigen Kopf, wie ihm sofort aufgefallen war, der sich mit einem breitem Grinsen dann auch noch über seine, Kramers, Schreckhaftigkeit lustig gemacht hatte, von solchen Überraschungen, hatte er gedacht, würde er nach dem Umzug verschont bleiben. Und jetzt, auf diesem Hochsitz thronend, wurde ihm bewusst, dass das Merkwürdige, das er vor einer Woche nicht zu benennen gewusst hatte, gleichsam etwas Vogelhaftes war und er deshalb bei seiner ersten Begegnung mit Rottmann an diesen Kopf hatte denken müssen. Irgendwann kam Kramer sich auf seinem Hochsitz lächerlich vor, auch waren ihm die Glieder etwas steif geworden, das Alter, dachte er, das laut Rottmann noch gar kein Alter war, und dann fiel ihm ein, dass beim Abstieg ein Sprung nötig sein würde und dass er, sollte er sich dabei verletzen, auf dem Rückweg hinken würde und vielleicht sogar eines Stockes bedürfte wie Rottmann.

Als Kramer nach einer Stunde wieder zurückkam, stand Tine vor dem Haus. Sie hatte ihn offenbar erwartet, winkte ihm schon aus der Ferne zu, doch als er dann vor ihr stand, sah sie ihm nicht ins Gesicht, sondern sofort auf das Loch in der Hose, über das sie erschrak, als handele es sich nicht um ein Loch in der Hose, die ohnehin nicht seine beste war, sondern um ein Loch in seinem Kopf. Wo bist du denn gewesen, rief sie. Und wie du aussiehst! Diese klare Luft, sagte Kramer, einfach herrlich, am liebsten würde ich noch einen Tag bleiben. Jetzt frühstücken wir erst einmal, sagte Tine, und dann flicke ich dir deine Hose.

Hans-Günther hatte mit dem Frühstück nicht auf sie gewartet und war schon fertig. Er hatte die leere Schale seines geköpften Eis, heute hat er also das Ei geköpft, dachte Kramer zufrieden, verkehrt herum wieder in den Becher gestellt, nun schlug er sie mit einem energischen Hieb des Löffels kaputt. Er ist noch immer beleidigt, dachte Kramer und wollte ihn aufheitern, ihm fiel aber nichts ein. Eigentlich wollte ich noch einmal in die Stipendie gehen, sagte er, doch dann bin ich nur ein Stück am Waldrand entlang, bis zu diesem Hochsitz. Und dort hast du dir also deine Hose zerrissen, sagte Tine. Welche Hose?, fragte Hans-Günther. Seine Hose, sagte Tine, er hat sich wie ein kleines Kind seine Hose zerrissen, wer weiß wobei, und dann, an Kramer gewandt, fragte sie, ob er sich nach all dem nicht wenigstens die Hände waschen wolle. Es ist nur eine Hose, du musst sie mir auch nicht flicken, sagte Kramer und dachte, dass sie statt kleines Kind lieber alter Mann gesagt hätte, sich das aber nicht getraut hat. Natürlich muss die Hose geflickt werden, sie macht das sicher gern, sagte Hans-Günther, nicht wahr, Jussi, du machst das doch gern? Vielleicht hätte es Tine ohne diese Aufforderung tatsächlich gern getan, nun aber meinte sie, dass einem alten Freiheitskämpfer ein Loch in der Hose ganz gut stehe. Kramer schaute zur Küchenuhr, doch die war inzwischen stehengeblieben, auf der Uhr war es noch immer mitten in der Nacht. Trotzdem war sein Blick für Hans-Günther ein Zeichen zum Aufbruch, er müsse dann mal wieder, sagte er. Das Projekt, sagte Kramer. Das Projekt, bestätigte Hans-Günther, von nichts kommt nichts.

Nachdem Hans-Günther gegangen war, wir sehen uns sicher noch, hatte er beim Gehen gesagt und seine Hand schlaff über den Rücken des am Tisch sitzenden Kramers schleifen lassen, fragte Tine ihren Vater, wie er geschlafen habe, wartete aber seine Antwort nicht ab. Ich habe nämlich überhaupt nicht geschlafen, sagte sie und streckte sich ein wenig. Ja, sagte Kramer, manchmal möchte man nur noch schlafen. Vieles, was täglich in der Welt passiert, sollte einen eigentlich aufregen, aber es ist zu viel, es macht müde, mich jedenfalls macht es nur noch müde. Mir reicht schon, was bei mir zu Hause passiert, sagte Tine, und das regt mich so sehr auf, dass ich nicht schlafen kann. Vielleicht würde in ihrem Garten dagegen bald ein Kraut wachsen, dachte Kramer, sagte aber, sie solle einfach mal wieder unter Leute gehen. Auch er flüchte manchmal aus der Einsamkeit seines Arbeitszimmers und setze sich für ein paar Minuten in den Lesesaal, er sitze dann zwischen all den jungen Leuten, er komme sich dann zwar immer etwas fremd vor, aber dennoch ... Oder Sport, rief Kramer, deine Mutter schrieb mir kürzlich, seit sie im Landtag sitze, habe sie den Sport für sich entdeckt, wahrscheinlich sitzt sie zu viel, du wirst es nicht glauben, aber ausgerechnet Gabriele schwört jetzt auf Leibesübungen, nun ja, sie behauptet, das helfe. Gegen was?, fragte Tine, die nun begonnen hatte, den Tisch abzuräumen. Sie sagt, sie schlafe jetzt besser. Mutter hat nie schlecht geschlafen, jedenfalls hat sie mir

nie davon erzählt. Trotzdem, sagte Kramer und fragte, ob man nicht zusammen noch einen Tee trinken wolle, er habe noch etwas Zeit. Willst du nicht erst einmal deine Sachen packen?, fragte sie.
Tine hatte noch während des Frühstücks darauf bestanden, ihren Vater bis zur Bushaltestelle zu begleiten, doch als er abgelehnt und lachend gefragt hatte, ob sie sich vergewissern wolle, dass er tatsächlich abfahre, war ihre Entrüstung allzu theatralisch. Rasch hatte sie nachgegeben und war sogar erleichtert gewesen. Jedenfalls war es Kramer so vorgekommen, und nun, nachdem er im Obergeschoss seine Sachen in den Rucksack gestopft hatte und wieder im Flur erschien, hatte sie schon ihre grünen Gartenhandschuhe an, die sie sich etwas widerwillig wieder abstreifte, Kramer dann aber doch nicht die Hand gab, sondern ihn umarmte. Schön, dass du da warst, sagte sie, das nächste Mal sägen wir den Pflaumenbaum um. Es klang wie abgesprochen, denn es waren die gleichen Worte, mit denen sich Hans-Günther gerade von ihm verabschiedet hatte. Kramer war in der Tür zu dessen Arbeitszimmer stehen geblieben, der andere hatte kurz von seinem Laptop aufgeschaut, flüchtig mit der Hand gewinkt und ihm eben jene Worte zugerufen, halb belustigt, wie es Kramer schien. Du meinst den Baum, auf dem manchmal die Taube... fragte er, und wusste nicht, ob er sitzt oder steht sagen sollte. Den alten Pflaumenbaum, sagte Tine und deutete, weil er offenbar nicht verstand, mit der fla-

chen Hand das Sägen an. Und was nun, dachte er, und steckte beide Hände in die Jackentaschen und kramte darin herum, als suche er etwas, das er aber nicht fand. Suchst du was?, fragte Tine. Nein, sagte Kramer, das heißt, ja, und da ihm nichts anderes einfiel, sagte er, dass er die Zugfahrkarte suche, von der er wusste, dass sie in seinem Portemonnaie steckte. Tine verdrehte die Augen, echt oldschool sei das, sie habe alles in ihrem Smartphone. Ich nicht, sagte Kramer und kramte weiter in seinen Taschen. Vielleicht im Portemonnaie, sagte Tine, und da fand er sie dann auch. So, die hätten wir, sagte er. Dann ging er rasch bis zur Haustür, wo er auf der Schwelle, plötzlich unschlüssig, noch einmal stehenblieb, so dass Tine, die ihm gefolgt war, auf ihn auflief und es aussah, als dränge sie ihn hinaus.

Obwohl er sich unterwegs nicht sonderlich beeilt hatte, war Kramer viel zu früh an der Bushaltestelle. Der heruntergekommene Flachbau mit seinen kaputten Fensterscheiben lag etwas außerhalb an der Landstraße, ein gutes Stück nach dem letzten Haus des Dorfes, wo es wegen dieser Lage etwas zugig war. Dieses Stück, es mochten knapp hundert Meter sein, war ein frisch asphaltierter Streifen, der sich wie zum Hohn zwischen die von Schlaglöchern durchsetzte Landstraße und das verkrautete Feld schmiegte. Immerhin, dachte Kramer, dem diese Piste bei seiner Ankunft gar nicht aufgefallen war, irgendwann werden auch hier die E-Scooter rollen. Er war allein und wollte es bleiben, er glaubte durch diesen gut einsehbaren Weg vor jeder Überraschung rechtzeitig gewarnt zu werden. Er schaute zurück auf die Ecke des letzten Hauses, das aus seiner Perspektive nun das erste war und an dessen fensterloser Giebelwand über der langsam verrottenden Milchrampe eine verblasste Aufschrift noch immer für die gutbürgerliche Küche des Dorfkruges warb.

Verfluchte Scheiße, rief jemand hinter dem Wartehäuschen. Kramer erkannte die Stimme sofort. Er hatte damit gerechnet, trotzdem erschrak er. Und dann sah er, wie Rottmann um die Ecke kam und sich fluchend einige Kletten von der Hose zupfte. So ein Mist, sagte der Alte, ich habe dich eigentlich überraschen wollen, am besten wir versuchen es noch mal. Er verschwand wieder hinter der Mauer und trat dann noch einmal hervor. Da bist du ja endlich, mein Lieber! Na, das nenne ich eine Überraschung, rief Kramer, und fragte erstaunt, wie Rottmann habe wissen können, dass er gerade jetzt zur Haltestelle komme. Das sei nicht schwer gewesen, antwortete der belustigt und hatte noch immer zwei Kletten am Ärmel hängen, es fahre nur der eine Bus, wenn er überhaupt fahre, man wisse ja nie. Eine Weile standen sie schweigend nebeneinander, die Füße dicht an der Bordsteinkante, als stünde das Eintreffen des Busses unmittelbar bevor. Kramer hatte die Hände in den Hosentaschen, Rottmann die seinen vor sich auf den Stock gestützt. Mission erfüllt?, fragte er, als Kramer seinen Kopf in die Richtung drehte, aus der der Bus kommen musste, wenn er denn kommen würde, der Fahrplan jedenfalls war mit Farbe besprüht und unlesbar. Da war er also wieder, dieser eigenartige Kopf im Profil, und Kramer wunderte sich, dass ein Menschenkopf etwas derart Vogelhaftes haben konnte, nur wusste er wieder nicht, an welchen Vogel der Kopf ihn erinnerte. Rottmanns Hals schien ihm besonders dünn, doch das mochte an dem neuen, über dem Adamsapfel hochgeschlossenen Hemd liegen, das Rottmann, wie Kramer vermutete, vielleicht eigens für seine Verabschiedung angelegt hatte. Du hast da noch etwas im Gefieder hängen, an der Jacke, meine ich, sagte Kramer und puhlte ihm die Kletten vom Ärmel. Zigarette?, fragte er dann. Gern, rauchen wir eine letzte Zigarette, seufzte Rottmann. Kramer gab ihm Feuer und sagte in den von Rottmanns Händen zum Schutz vor dem Wind gebildeten Hohlraum, dass er keine Mission gehabt habe, vielleicht habe er sie jetzt, auf jeden Fall werde er wiederkommen, bald, zumindest irgendwann. Rottmann brachte seine Zigarette durch ein paar hastige Züge zum Glimmen. Mission Pflaumenbaum, sagte Kramer, aber nur zu sich selbst. Ah, das ist gut, sagte Rottmann, der Mensch braucht Visionen, wir hatten damals Fünfjahrpläne, mein Gott, wenn ich daran denke ... Der Wind, bei dem Wind hört er noch schlechter, du musst lauter sprechen, dachte Kramer, und tat es nun auch: Haben Sie eigentlich Kinder?

Rottmann drehte seinen Kopf erst in die eine, dann in die andere Richtung, stieß ihn dann ruckartig nach vorn, wahrscheinlich war ihm sein Kragen plötzlich zu eng geworden. Du, sagte er enttäuscht, wir waren doch beim Du. Was hast du gesagt? Ob du Kinder hast, habe ich gefragt. Also, sagte Rottmann, die Sache ist die. Er schnippte seine Zigarette auf die Straße, vielleicht weil er zum Reden seine Hände brauchte. Das Leben sei kompliziert, es sei wie ein Webstuhl, undurchschaubar und scheinbar wirr, aber es könne funktionieren, da müsse freilich alles ineinandergreifen, müsse man alle Fäden im Auge behalten, auf und ab, hin und her, es komme auf die richtige Spannung an, ein kleiner Moment der Unachtsamkeit, und schon gebe es den schönsten Fitz, ja und dann, wo waren wir stehengeblieben? ... jedenfalls, um es kurz zu machen, in seinem Leben habe sich manches verfitzt und sei nicht mehr zu entwirren gewesen, nein, Kinder habe er nicht. Leider, sagte er dann, aber nur noch leise und zu sich selbst, denn wenn ich an die Marie aus der Kantine denke, ja, die Marie, mit der Marie ... nein, Schluss damit! Und rammte seinen Stock auf den Boden, damit auch Kramer es verstand. Nun, sagte Kramer, und schaute auf seine Armbanduhr, es wird ja auch langsam Zeit. Schade, sagte Rottmann, eigentlich wollte ich dir noch meine Sammlung zeigen, die Webmuster, du erinnerst dich, und es gäbe auch noch so viel zu erzählen, da drüben bei den Birken zum Beispiel ..., er wollte mit dem Stock in eine Richtung zeigen, doch in diesem Moment kam schon der Bus, dessen Herannahen sie nicht gehört hatten, erst im letzten Moment traten sie einen Schritt von der Bordsteinkante zurück. Die Tür öffnete sich mit einem lauten Fauchen. Na dann, sagte Kramer, und wollte gleich einsteigen. Also, sagte Rottmann, und streckte dem anderen seine Hand entgegen. Kramer zögerte einen Augenblick, dann schlug er ein.

Er zahlte, und der Bus fuhr an, wegen der Schlaglöcher hüpfte er fast. Schwankend tastete sich Kramer durch den leeren Gang bis zur Rückbank. Und während er durch die Scheibe sah, stand Rottmann an der Haltestelle, dürr und hoch aufgeschossen, vom Wind umweht, nicht wie ein Vogel, eher wie eine Vogelscheuche. Er wurde immer kleiner, hatte aber plötzlich nichts Fragiles mehr. Mit leicht gespreizten Beinen und auf seinen Stock gestützt sieht er aus wie aus Holz geschnitzt, dachte Kramer, wie aus Stein gemeißelt, dachte er, aus Granit vielleicht, wie das Denkmal mit dem Weberschiffchen.

Die Entstehung dieses Werkes wurde durch ein Stipendium der Kulturstiftung des Freistaates Sachsen ermöglicht.

Bibliografische Information der Deutschen Nationalbibliothek
Die Deutsche Nationalbibliothek verzeichnet die Publikation in der Deutschen Nationalbibliografie; detaillierte bibliografische Daten sind im Internet über http://dnb.ddb.de abrufbar.

3. Auflage 2020

Salzburg – Wien
Lektorat: Mona Müry
Gestaltung: Müry Salzmann Verlag
Druck: Theiss, St. Stefan im Lavanttal
ISBN 978-3-99014-194-6
www.muerysalzmann.at

Die Entstehung dieses Werkes wurde durch ein Stipendium der Kulturstiftung des Freistaates Sachsen ermöglicht.

Bibliografische Information der Deutschen Nationalbibliothek
Die Deutsche Nationalbibliothek verzeichnet die Publikation in der Deutschen Nationalbibliografie; detaillierte bibliografische Daten sind im Internet über http://dnb.ddb.de abrufbar.

3. Auflage 2020

Salzburg – Wien
Lektorat: Mona Müry
Gestaltung: Müry Salzmann Verlag
Druck: Theiss, St. Stefan im Lavanttal
ISBN 978-3-99014-194-6
www.muerysalzmann.at